Diogenes Taschenbuch 24197

MARTIN SUTER, geboren 1948 in Zürich, arbeitete bis 1991 als Werbetexter und Creative Director, bis er sich ausschließlich fürs Schreiben entschied. Seine Romane – zuletzt erschien *Elefant* – und *Business-Class*-Geschichten sowie seine *Allmen*-Krimiserie sind auch international große Erfolge. Martin Suter lebt mit seiner Familie in Zürich.

Website des Autors: www.martin-suter.com

Martin Suter

Allmen und der rosa Diamant

ROMAN

Diogenes

Die Erstausgabe
erschien 2011 im Diogenes Verlag

Für Toni

Veröffentlicht als Diogenes Taschenbuch, 2013

www.diogenes.ch
30/19/852/6
ISBN 978 3 257 24197 6

Erster Teil

1

Allmen war etwas nervös. Jeden Moment würde die Rezeptionistin Montgomery melden.

Er saß hinter dem Mahagonischreibtisch eines Büros von Grant Associates in Knightsbridge. Durch das von schweren Vorhängen flankierte Fenster sah er auf den Verkehr des South Carriage Drive und den Hyde Park.

Es war der Sorgfalt zu verdanken, mit der er sein Netzwerk aus früheren, besseren Zeiten pflegte, dass er dieses Büro als Besprechungsort gefunden hatte. Diesmal war es ein alter Schulkamerad aus dem Charterhouse gewesen, der ihm beigesprungen war. Er hieß Tommy Grant, ein gutmütiger, etwas schwerfälliger Junge, aus dem, wie es die Familientradition verlangte, ein Anwalt und seit kurzem der Senior Partner von Grant Associates geworden war, einer vornehmen Anwaltskanzlei in vierter Generation.

Tommy hatte sich über Allmens Anruf gefreut, ihn zum Abendessen mit seiner langweiligen Frau und seinen beiden gelangweilten halbwüchsigen Söhnen eingeladen und überließ ihm nun gerne ein Büro für einen Tag. Oder auch zwei oder drei. Seit sein Vater sich aus dem aktiven Geschäft zurückgezogen habe, werde es ohnehin nur noch ein paarmal im Jahr benutzt.

Und so konnte er Montgomery im repräsentativsten Büro der alten Kanzlei empfangen. Ein nicht zu unterschätzender Vorteil bei Allmens Bestrebungen, Allmen International Inquiries endlich zum ersehnten internationalen Durchbruch zu verhelfen.

In den zwei Jahren seit der Gründung hatte sich ihr Tätigkeitsfeld vor allem auf die Schweiz beschränkt. Und auf eher kleinere Fälle. Bei keinem davon ging es auch nur annähernd um Beträge wie bei der spektakulären Wiederbeschaffung der Libellenschalen. Es handelte sich um Bilder und Kunstgegenstände im fünfstelligen Bereich von Auftraggebern aus dem Kunst- und Antiquitätensektor.

Die Website allmen-international.com hatte Carlos auf seinem Secondhandcomputer erstellt. Allmen hatte den Text entworfen und die Ästhetik bestimmt. Die Homepage hatte einen flanellgrauen

Hintergrund. Ganz oben am Bildrand, gleichmäßig über die ganze Breite verteilt, standen in einer silbernen, elegant spationierten klassischen Antiqua die fünf Städtenamen: New York, Zürich, Paris, London, Moskau. Darunter etwas größer: »Allmen International Inquiries«. Gefolgt von dem Slogan, auf den Allmen ziemlich stolz war: *»The Art of Tracing Art.«* Was mit »Die Kunst der Fahndung nach Kunst« nur sehr unvollkommen übersetzt wäre und deswegen nur auf Englisch dastand.

Dieser etwas großspurige Internetauftritt täuschte nur auf den ersten Blick darüber hinweg, dass Allmen International Inquiries es noch nicht geschafft hatte, sich von einer schäbigen Hinterzimmerdetektei zu unterscheiden.

Das Einkommen der Agentur bestand in der Hauptsache aus den Stundensätzen, die sie ihren Auftraggebern in Rechnung stellten, und hie und da einer Erfolgsprämie, ein paar Prozent vom Wert des Wiederbeschafften, also dementsprechend bescheiden.

Für Carlos genügte dieses Einkommen immerhin, um seine Tätigkeit als Gärtner und Hausbesorger für die Treuhandfirma, die Allmens Villa Schwarzacker gekauft hatte, auf einen Halbtagsjob zu reduzieren. Aber für Allmens Lebensstil waren es Peanuts. Immer wieder war er gezwungen, Stücke aus seiner eigenen Sammlung schöner Dinge zu verkaufen. Und schon bald würde er wieder Objekte veräußern müssen, die er sich auf andere Art beschafft hatte. Irgendwo und irgendwie.

Deshalb mussten bei diesem Treffen mit Montgomery einfach alle Details stimmen.

»Will you see Mister Montgomery, Sir?«

Allmen zuckte zusammen. Die Stimme kam aus der für den etwas schwerhörigen alten Grant überlaut eingestellten altmodischen Gegensprechanlage. Er drückte auf die abgegriffene Sprechtaste und ließ bitten.

Montgomery war etwas jünger als Allmen, er mochte Ende dreißig sein. Er trug einen gutsitzenden Businessanzug, war sonnengebräunt, sein kurzgeschnittenes Haar war frühzeitig ergraut. Er betrat den Raum selbstsicher und ohne sich umzusehen, als wäre er solche Interieurs gewohnt.

Bei seinem Eintreten war Allmen aufgestanden und ihm entgegengegangen. Er registrierte bei der Begrüßung, dass sein Besucher nicht das Upper-Class-Englisch sprach, das zu seinem Aussehen gepasst hätte.

Er bot ihm einen Sessel aus der schweren Ledersitzgruppe an und setzte sich ihm gegenüber.

»Tee?«

Montgomery lehnte ab. Er legte einen scharfkantigen, abgewetzten Executive Case vor sich auf das Clubtischchen, ließ die beiden Schlösser aufschnappen und entnahm ihm ein dünnes Mäppchen. Dann sah er Allmen in die Augen.

Die von Montgomery waren von einem durchsichtigen Blau. In dem Weiß um die Iris befanden sich ein paar schwarze Pigmentflecken, was es Allmen schwermachte, dem Blick standzuhalten.

»Wie viel Zeit haben wir?«, war Montgomerys erste Frage.

»So viel, wie Sie brauchen.«

»Also wenig.«

Allmen passte sich dem geschäftsmäßigen Ton an. »Ist auch in meinem Sinn.«

Montgomery kam zur Sache: »Ich brauche wohl nicht zu wiederholen, dass alles, was ich Ihnen hier mitteile, streng vertraulich ist.«

»Branchenüblich«, erwiderte Allmen.

Montgomery lehnte sich im Sessel zurück. »Ein rosa Diamant. Sagt Ihnen das etwas?«

Allmen, der Allesleser, hatte kürzlich in der Tagespresse die Versteigerung eines rosa Diamanten bei der Schweizer Niederlassung von Murphy's verfolgt. Der Stein hatte einen Rekordpreis erzielt.

»Ja. Einer ging für über fünfundvierzig Millionen Franken an einen anonymen Käufer.«

»Dreißig Millionen Pfund.« Montgomery machte eine bedeutungsvolle Pause, bevor er sagte: »Der Mann ist mein Auftraggeber.«

»*I see.* Der Diamant ist verschwunden.« Es klang nach einer Feststellung. Als wäre die Information nichts Neues für Allmen.

Kein Kommentar von Montgomery. Seine gescheckten Augen hielten den Blickkontakt.

Allmen nahm einen der bereitliegenden Briefbögen von Allmen International Inquiries und schrieb Ort, Datum und »Meeting Montgomery« unter den Briefkopf. Dann sah er Montgomery erwartungsvoll an.

Dieser beugte sich vor und stützte sich auf die Oberschenkel. »Über die genauen Umstände darf ich Ihnen nichts sagen. Nur so viel: Mein Auftraggeber gab einen privaten Empfang in einer seiner Villen an einem Ort, der nichts zur Sache tut. Seine Frau trug den Diamanten. Am nächsten Tag war er nicht mehr da.«

Allmen wartete, bereit zum Schreiben.

»Nicht viel, ich weiß«, sagte Montgomery.

»Und wie sollen wir«, Allmen sprach in der Pluralform, wenn er von seinem multinationalen Unternehmen redete, »wie sollen wir das Objekt finden ohne einen einzigen Hinweis?«

»Die Ermittlungen im Umfeld meines Auftraggebers wurden durch uns selbst vorgenommen.

Wir sind jetzt an einem Punkt angelangt, wo wir es für richtig halten, Dritte einzubeziehen.«

Allmen wartete immer noch auf etwas, das es wert war, notiert zu werden.

»Wir kennen den Verbindungsmann zu denen, die es getan haben.«

»Und weshalb lassen Sie ihn nicht festnehmen?«

Montgomery fasste in sein Jackett und brachte ein Päckchen Zigaretten zum Vorschein. »Stört es Sie, wenn ich hier rauche?«

Allmen, der sich gerne als nicht-praktizierender Raucher bezeichnete, hasste es, wenn man in seinen Räumen rauchte. Aber er hatte diese Frage noch nie mit »ja« beantwortet. Er erwartete von den Rauchern unter seinen Gästen einfach genug Feingefühl, sie ihm nicht zu stellen. In diesem Fall brachte ihn die Frage in Verlegenheit. Tommy Grant hatte ihn eigens darum gebeten, im Büro nicht zu rauchen. Aus Rücksicht auf das Asthma seines Vaters.

Während er noch mit der Antwort zögerte, steckte Montgomery die Zigaretten kommentarlos wieder ein. »Aus zwei Gründen lassen wir ihn nicht festnehmen. Erstens: Mein Auftraggeber will auf keinen Fall die Behörden einschalten für die Suche nach etwas, was er offiziell gar nie besessen hat. Zweitens: Der Mann ist untergetaucht.«

Allmen nickte. Die Erklärung schien ihm plausibel. »Und wenn wir ihn gefunden haben? Was tun wir, wenn Sie die Behörden ausschließen wollen?«

»Wenn Sie ihn gefunden haben, beschatten Sie ihn und informieren Sie uns. Dann besprechen wir das weitere Vorgehen.«

Montgomery reichte ihm das Mäppchen, das er die ganze Zeit über in der Hand gehalten hatte. Es enthielt ein Blatt, das auf den ersten Blick aussah wie ein Curriculum. Es trug die Überschrift »Artjom Sokolow«. Eine Büroklammer hielt am oberen rechten Bildrand ein Foto. Es zeigte einen schmalen Mann mit schütterem, nach hinten gekämmtem Haar und tiefliegenden Augen.

Die Angaben zur Person waren karg: Geboren 1974 in Jekaterinburg, ca. 190 cm groß, ca. 85 kg schwer, mittelblond. Studium zum Elektroingenieur, Abschluss als Informatiker, arbeitet als freiberuflicher IT-Spezialist. Letzter bekannter Aufenthaltsort: Schweiz. Dazu gab es eine Adresse: Gelbburgstraße 14, Ap. 12, 8694 Schwarzegg.

Allmen sah vom Blatt auf und begegnete Montgomerys Augen, die ihn während der kurzen Lektüre angestarrt haben mussten. »Wie sind Sie auf uns gekommen?«

»Ich habe Erkundigungen eingeholt. Ihr Leistungsausweis hat mir gefallen. Vor allem die Sache mit den Libellenschalen. Fast zehn Jahre sucht die Polizei danach, und Ihr Büro findet sie in kurzer Zeit. Hut ab.«

Allmen lauschte dem Satz nach, ob er ironisch geklungen habe, und entschied sich dagegen.

»Uns gefällt auch, dass Sie ein kleiner Laden sind, in dem der Namensgeber noch persönlich aktiv ist. Und auch Ihre internationale Präsenz kommt unseren Bedürfnissen entgegen.«

Immer noch keine Ironie festzustellen.

»Aber Hand aufs Herz …«

Allmen blickte vom Mäppchen auf, wohin er den Blick während des Lobes bescheiden gesenkt hatte.

»Ist die Sache für Sie nicht zu groß? Jetzt wäre der Moment, es mir zu sagen. *Last exit.*«

Wie sollte jemand, der einen großen Teil seines Lebens über seine Verhältnisse gelebt hat, einschätzen können, wann eine Sache für ihn zu groß ist? Allmen lächelte nur. »Danke für die Chance.« Dann wandte er sich seinem Blatt zu und machte sich eine stenographische Notiz.

Er hatte in seiner Zeit als internationaler Bummelstudent einen Stenographiekurs nach Stolze-Schrey absolviert. Nicht weil er sich davon einen direkten Nutzen versprach, sondern weil er damit unter seinen Mitstudenten und bei seinem Vater

Aufsehen zu erregen hoffte. Was ihm auch immer wieder leidlich gelungen war.

Diese Fertigkeit hatte er sich erhalten. Seine immer persönlicher gewordene Stenographie war zu seiner Geheimschrift geworden. Er liebte sie, wie alles Geheimnisvolle.

Auch Montgomery schien beeindruckt zu sein. Als Allmen aufblickte, sah dieser zum ersten Mal nicht in seine Augen, sondern auf das Blatt.

»Wie lauten Ihre Konditionen?«, wollte er wissen.

So wichtig das Finanzielle für Allmen war, so ungern sprach er darüber. Carlos hatte ihm ein Blatt vorbereitet, auf dem die wichtigsten Punkte aufgelistet waren. Allmen hatte dieses nicht bereitgelegt, um die Nebensächlichkeit des Themas zu unterstreichen. Er stand auf, ging zum Schreibtisch, tat, als müsse er suchen, und kam endlich mit zwei Blättern zurück, die beide mit *»Fee Agreement«* überschrieben waren.

Achtzig bis hundertfünfzig betrug das Stundenhonorar, je nach Qualifikation der Mitarbeiter und Komplexität von deren jeweiliger Tätigkeit. Recherche- und Fahndungsaufgaben waren zum Beispiel teurer als einfache Überwachung. Dazu kamen Spesen und gegebenenfalls eine Erfolgsprämie von entweder zehn Prozent der Rechnungssumme, oder, falls der Wert des Wiederbeschafften höher lag, zehn Prozent desselben. Ob das Honorar in Franken, Pfund, Euro oder Dollar fällig wurde, hing vom Auftragsland ab.

Diese Honorarvereinbarung reichte er Montgomery. Der überflog sie und legte sie auf das Clubtischchen.

»Und wie fakturieren Sie?«

In diesem Punkt hatte er mit Carlos Flexibilität vereinbart. Je nach Reaktion des Klienten berechnete Allmen International entweder die erbrachten Leistungen oder stellte Akontorechnungen. Montgomerys Reaktion sprach für das zweite Modell.

»Wir stellen Akontozahlungen in Rechnung und gleichen den Saldo – ob zu Ihren oder unseren Gunsten – bei Beendigung der Zusammenarbeit aus.«

»Und wie hoch ist das Akonto?«

»Zwanzigtausend. In Ihrem Fall Pfund.«

Montgomery fischte aus dem Executive Case ein Kuvert und schob es über das Clubtischchen. »Zehn, okay?«

Allmen nahm es ohne Kommentar zur Kenntnis. Das Kuvert ließ er nonchalant dort liegen, wo Montgomery es hingeschoben hatte.

»Und dann ist da noch die Erfolgsprämie. In unserem Fall können Sie ja schlecht von zehn Prozent ausgehen.« Montgomery schraubte den Deckel seines Füllfederhalters ab.

»Ich denke, hier könnten wir Ihnen ausnahmsweise acht Prozent anbieten.«

»Vier«, bestimmte Montgomery. Er strich auf beiden Ausfertigungen die Zehn, schrieb »vier« daneben, datierte und unterschrieb die Vereinbarungen und gab sie Allmen. Dieser unterschrieb ebenfalls und legte sein Exemplar zum Kuvert mit dem Geld.

Nachdem sie sich verabschiedet hatten, stellte Allmen sich ans Fenster und sah auf die Straße hinunter. Er sah Montgomery aus der Haustür treten. Er hatte sein Handy am Ohr, klappte es zusammen und steckte es ein. Keine Minute später hielt ein schwarzer Range Rover am Straßenrand. Auf der Beifahrerseite stieg ein Mann aus, überließ Montgomery seinen Platz und machte die Tür zu. Er wartete, bis der Wagen eine Lücke in der Kolonne nutzte und losfuhr, und nutzte dann seinerseits eine Lücke, überquerte rasch die Straße und verschwand im Park. Der Mann trug eine schwarze Sporttasche über der Schulter.

Drei Dinge tat Allmen danach, die er bei weniger günstigem Verlauf des Meetings unterlassen hätte:

Er ging zu Fuß ins Wilton Arms, sein Lieblingspub in Knightsbridge, und trank zwei herrliche lauwarme, randvolle, schaumfreie *half pints of bitter*.

Er stattete seinem Maßschneider an der Savile Row einen Überraschungsbesuch ab und bestellte einen Dreiteiler aus wunderbarem Donegal.

Und er ließ sich im Claridge einen Upgrade seiner Junior Suite zu einer richtigen Suite machen.

Als er sich am nächsten Morgen zum Flughafen fahren ließ, fiel ihm ein Mann auf. Er fotografierte die Hoteleinfahrt und trug eine schwarze Sporttasche über der Schulter.

2

Carlos empfing ihn in der blauen Schürze, die er zum Schuhputzen trug. Er nahm Allmen Gepäck und Regenmantel ab und folgte ihm in die gläserne Bibliothek.

Er hatte an diesem Sommernachmittag die ausgebleichten orangefarbenen Rollos auf dem Dach heruntergelassen, die früher die Pflanzen und heute die Bücher vor der direkten Sonneneinstrahlung schützten. Auch die Vorhänge waren zugezogen. Die Sonnenstreifen, die da und dort grell durch die Lücken der Verdunkelung fielen, gaben dem großen Raum etwas Theatralisches.

Der Klavierhocker stand schon bereit, umgeben von einem großen Teil von Allmens Schuhen. Kein Paar hatte eine Reinigung wirklich nötig.

Allmen setzte sich und stellte den rechten Fuß auf die schwarzlackierte Schuhputzkiste. Carlos begann zu bürsten. Er stellte keine Fragen, wartete nur darauf, dass Allmen zu erzählen begann.

»Carlos, das ist der internationale Durchbruch von Allmen International Inquiries.«

»No me diga«, erwiderte Carlos, »was Sie nicht sagen.« Er nahm einen Lappen aus der Kiste und träufelte aus einer kleinen Plastikflasche eine Flüssigkeit auf den Schuh. Er hatte ihm nie gesagt, was es war, und Allmen hatte nie danach gefragt. Aber es hätte ihn nicht überrascht, wenn es einfach nur Wasser gewesen wäre.

Allmen erzählte ihm von dem rosa Diamanten, der fünfundvierzig Millionen wert war, und den eins Komma acht Millionen Erfolgsprämie.

Stumm hörte Carlos zu. Klopfte mit dem Zeigefinger unter die Fußspitze, wenn Allmen den Fuß wechseln musste, und murmelte *»por favor«*, wenn er wollte, dass sein Kunde ein neues Paar anzog.

Die Schuhe standen spiegelblank in Reih und Glied auf dem Teppich, Allmen war am Ende seines Berichts angelangt, und Carlos hatte noch immer kaum etwas gesagt.

»*Qué pasa, Carlos?* Weshalb sagen Sie nichts?«, fragte Allmen.

Carlos hatte begonnen, die Schuhe in einen Wäschekorb zu schichten, um sie dann in Allmens Schuhschrank zu räumen. Jetzt unterbrach er seine Arbeit. »Die Sache ist zu groß für Allmen International, Don John. Wir sollten den Auftrag ablehnen.«

»Sie meinen, es geht um zu viel Geld?«

»Es geht um zu viel von allem.«

Allmen verstand nicht genau, was Carlos meinte. Vielleicht das Gefühl, das auch ihn auf dem Rückflug kurz befallen hatte: Dass er im Begriff war, sich in eine Welt zu begeben, in der andere Größenordnungen herrschten. Leute, die fünfundvierzig Millionen für einen Fingerring ausgeben wollen und können, sind zu allem fähig. Und Leute, die Fingerringe für fünfundvierzig Millionen klauen wollen und können, erst recht.

»Allmen International wird daran wachsen«, antwortete Allmen.

Carlos schüttelte den Kopf: »*Con todo el respeto,* bei allem Respekt: Ich fände es klüger, wenn Allmen International Inquiries den Auftrag ablehnte.«

»Denken Sie doch daran, wie viel wir schon investiert haben. Die Reise, das Hotel ...«

Genau genommen war es nicht Allmen International, die die Investitionen getätigt hatte. Es war Carlos. Er hatte – nicht zum ersten Mal seit Firmenbestehen – aus seinem Teil der Libellen-Erfolgsprämie und persönlichen Ersparnissen der Agentur ein Darlehen gewährt. Nach seiner Buchhaltung schuldete sie ihm mehr als das Stammkapital von zwanzigtausend Franken, das sie bei der Gründung der GmbH zu gleichen Teilen einbezahlt hatten. Streng genommen gehörte Allmen International Inquiries Carlos Santiago de Leon. Aber da er aus Gründen, die mit seinem Status als Illegaler zu tun hatten, nur ein stiller Teilhaber sein konnte, stand im Handelsregister nichts von dieser kalten Enteignung Allmens.

Mit der Erwähnung der Investitionen hatte Allmen Carlos' wunden Punkt getroffen. Auch bei ihm war das Finanzielle eine Schwachstelle, nur im umgekehrten Sinn: Während sich bei Allmen wegen seiner Verschwendungssucht alles ums Geld drehte, war es bei Carlos wegen seiner Sparsamkeit.

Und Allmen setzte eins obendrauf: »Kommt dazu, dass Allmen International Inquiries bereits einen Vorschuss bezogen hat.«

Carlos entgegnete nichts darauf. Er kannte seinen Patrón gut genug, um ihm nicht vorzuschlagen, das Geld zurückzugeben. Er wusste, dass er froh sein konnte, wenn noch etwas fürs Haushaltsgeld übriggeblieben war.

3

Allmen hatte Herrn Arnold gebeten, den 1978er Cadillac Fleetwood in der Garage zu lassen und ihn mit seinem normalen Mercedes Diesel zu fahren. Er hatte es ungern getan, aber es lag nun mal im Interesse der Anonymität des Ermittlers.

Sie fuhren durch das zersiedelte Umland der Stadt Richtung Schwarzegg, eine Ortschaft in Flughafennähe. Der dunstige Himmel war mit Kondensstreifen schraffiert. Allmen hatte die Scheibe heruntergelassen. Es roch nach Teer und Sommer.

Die Gelbburgstraße lag am Ortsrand. Eine Siedlung aus öden Mehrfamilienhäusern aus den achtziger Jahren, umgeben von eintönigen Rasenflächen. Zu jedem Haus führte ein schnurgerader Plattenweg an Müllcontainern und Fahrradständern vorbei.

Vor dem Plattenweg der Nummer vierzehn stieg Allmen aus. Das Haus war kürzlich etwas aufgemotzt worden. Über dem Eingang sollte eine Art Baldachin aus Chrom und Glas den Eindruck von moderner Gediegenheit vermitteln. Allmen betrat die Halle. Es roch nach Reinigungsmitteln. Ein Mann in Arbeitskleidung saß auf einer Maschine und bohnerte den Boden aus gelbem gesprenkelten Kunststein. Er beachtete Allmen nicht.

Der Briefkasten von Apartment 12 trug keinen Namen, nur die Überreste eines abgerissenen Namensschildes. Im Lift stand neben dem Knopf der dritten Etage »Ap. 8–12«.

Auch die Klingel an der Wohnungstür war nicht beschriftet. Allmen drückte darauf.

Zu seiner Überraschung wurde die Tür sofort geöffnet. Der abgestandene Mief einer ungelüfteten Wohnung schlug ihm entgegen. Ein mittelgroßer blonder Mann stand vor ihm. Er trug ein Hemd mit geöffnetem Kragen und gelockerter Krawatte zu einer bunten Jogginghose. Die Füße steckten in nicht mehr ganz sauberen weißen Hotelpantoffeln.

»Ja?«, fragte er und brachte es fertig, in diese zwei Buchstaben so viel Akzent zu packen, dass Allmen sofort erriet, dass er einen Ungarn vor sich hatte.

»Verzeihen Sie die Störung, ich suche Herrn Sokolow.«

»Kenne ich nicht.«

»Nach meinen Informationen ist er an dieser

Adresse zu finden.« Allmen hielt ihm sein Notizbuch mit der Adresse unter die Nase.

Der Mann warf einen flüchtigen Blick darauf. »Die Adresse stimmt, aber der Name nicht. Die Leute kommen und gehen. Business Apartments.«

»Verstehe. Ihr Vorgänger.«

Der Mann zuckte mit den Schultern. »Oder dessen Vorgänger. Fragen Sie doch im Büro.«

»Welchem Büro?«

»Der Immobilienfirma. Die das vermietet. Warten Sie.«

Der Mann verschwand aus seinem Blickfeld. Allmen hörte das Ploppen von Tennisbällen und die trägen Bemerkungen eines Fernsehkommentators. In der Diele stand ein halboffener Koffer und gab den Blick auf den unordentlichen Inhalt frei.

Der Mann kam mit einer Agenda zurück. »›Immolandia‹ heißt die Firma. Ich dachte, ich hätte eine Karte, aber die muss ich einem Ihrer Vorgänger gegeben haben.«

»Vorgänger?«

»Sie sind der Dritte, der sich nach Sokolow erkundigt.«

Er diktierte ihm die Adresse ins Notizbuch. Noch ehe sich Allmen bedankt hatte, war die Tür wieder geschlossen.

4

Der Firmensitz von Immolandia lag in einem ehemaligen Quartierladen in einem Außenbezirk. In dem kleinen Schaufenster hingen ein paar Werbefotos von eleganten Apartments und als Businessmänner verkleideten Models. Darüber stand: »Immolandia. Ihr Spezialist für temporäre Business Apartments!«

Allmen ging die drei Treppenstufen zur Eingangstür hinauf und betrat das Geschäft.

Zwei Schreibtische mit Desktops, eine Sitzgruppe für vier Personen, an den Wänden Anschlagbretter mit Fotos der tatsächlichen Objekte. Sie waren um einiges weniger elegant als die symbolischen im Schaufenster.

Es roch nach Zigaretten und dem warm gehaltenen Filterkaffee, der auf einer Heizplatte vor sich hin köchelte.

An einem der Schreibtische saß eine Enddreißigerin hinter dem Bildschirm. Bei Allmens Eintreten sah sie unwirsch auf und taxierte den Störenfried. An der Art, wie er gekleidet war, erkannte sie wohl einen potentiellen Kunden und lächelte ihm zu. Sie erhob sich halb und bot ihm den Besucherstuhl an, der an der Frontseite ihres Schreibtischs stand.

Allmen stellte sich vor, zog seine Brieftasche heraus und entnahm ihr eine Visitenkarte. Er hatte zwei Versionen drucken lassen. Eine mit »Johann Friedrich von Allmen« und darunter, zwei Punkt kleiner, »International Inquiries«. Die andere mit dem Haupttext »Allmen International« und darunter, diskret, seinem vollen Namen mit dem Zusatz »CEO«. In diesem Fall entschied er sich für Letztere.

Erst als er ihr die Karte übergeben hatte, setzte er sich der Frau gegenüber. Sie studierte sie und fragte, noch etwas mehr beeindruckt: »Was kann ich für Sie tun?«

Ihre Lippen trugen die Spuren eines Lippenstifts, der jetzt vor allem an den Filtern der Stummel haftete, die neben einer noch glimmenden Zigarette im Aschenbecher lagen. Sie drückte sie aus. »Entschuldigen Sie, dass ich rauche. Wir haben hier wenig Laufkundschaft, das meiste läuft bei uns übers Internet.«

»Bitte rauchen Sie ruhig, es stört mich nicht«, log Allmen. Dann kam er zur Sache: »Ich habe zwei Anliegen. Erstens: Bei uns herrscht immer wieder Bedarf an mittelfristigen Unterkünften für unseren internationalen Stab. Ich möchte die Gelegenheit nutzen, ein paar Unterlagen über Ihre Firma zuhanden unseres Human Resource Department mitzunehmen.«

Die Frau stand auf, öffnete einen Aktenschrank und begann, Prospekte, Folder, Flugblätter und anderes Werbematerial herauszusuchen. Sie war etwas übergewichtig, aber das schien ihr egal zu sein. Wenn sie sich nach den oberen Regalen streckte, entblößte sie die Hüftpolster; wenn sie sich nach den unteren bückte, den Spitzenbesatz ihres Slips.

Sie steckte alle Unterlagen in ein großes Kuvert, reichte es ihm und setzte sich wieder. »Und das zweite Anliegen?«

»Nur eine Frage: Ein Geschäftspartner hat mir diese Adresse angegeben. Aber als ich ihn dort aufsuchen wollte, war er bereits ausgezogen. Ich wollte Sie um seine neue Adresse bitten.« Er reichte ihr einen Notizzettel mit Sokolows Namen und der Anschrift in der Gelbburgstraße.

»Schuldet er Ihnen auch Geld?«

Allmen war nicht überrascht. »Nein, warum?«

»Sie sind nicht der Erste, der sich nach Herrn Sokolow erkundigt.«

»Wer sonst noch?«

»Der Erste war Engländer. Der Zweite Amerikaner. Ich konnte beiden nicht weiterhelfen. Herr Sokolow hat keine Adresse hinterlassen.«

»Was mache ich jetzt?« Allmens Ratlosigkeit wirkte so echt, dass die Frau sich erbarmte.

»Die meisten unserer Mieter gehen zurück ins

Ausland. Dann wird es natürlich schwierig. Aber falls nicht: Versuchen Sie es beim Einwohnermeldeamt. Dort kann man Ihnen sagen, von wo jemand weg- und wo er hingezogen ist. Sie müssen einfach einen Interessennachweis mitbringen.«

»Was ist das?«

»Einen Vertrag, eine Gerichtsurkunde, einen Verlustschein des Betreibungsamts oder sonst einen Beweis, dass er Ihnen Geld schuldet.«

»Er schuldet mir kein Geld.«

»Manchmal genügt auch eine glaubwürdige Erklärung, weshalb Sie ihn finden müssen. Die sind heutzutage nicht mehr so stur auf den Ämtern.«

»Gute Idee«, sagte er, »danke für den Tipp.« Er stand auf, verabschiedete sich und wollte gehen.

»Und die Unterlagen?« Die Frau deutete auf das Kuvert, das Allmen auf dem Schreibtisch liegengelassen hatte.

Er kam zurück und nahm es an sich. »Das Wichtigste fast vergessen«, sagte er kopfschüttelnd.

»Je nach Auftragsvolumen«, rief sie ihm nach, »bieten wir interessante Konditionen.«

5

Der Tag war so warm, dass Carlos Ceviche gemacht hatte: in Limettensaft, Chili, Koriander, Ingwer und Zwiebeln marinierter roher Fisch. Er servierte es draußen auf dem Gartentisch unter dem Zwetschgenbaum, der nie Früchte trug, weil er zu wenig Sonne abbekam.

Allmen hatte das Essen als Business Lunch deklariert, um Carlos dazu zu bringen, sich mit ihm an den Tisch zu setzen. Sonst bestand dieser darauf, ihm die Mahlzeiten in weißer Kellnerjacke zu servieren, während er selbst in der Küche aß.

Drüben in der Villa war auch Mittagspause. Ein paar Angestellte der Treuhandfirma nutzten den Sommertag und aßen ihre Sandwichs auf den Parkbänken, die die Geschäftsleitung hatte aufstellen lassen. In Sicht-, aber nicht in Hörweite.

»Engländer und Gringos«, wiederholte Carlos bedeutungsvoll.

»Glauben Sie, Montgomery hat sich abgesichert und noch andere Büros beauftragt?« Allmen klang etwas besorgt.

»Bei fünfundvierzig Millionen, Don John, würde mich das nicht wundern.«

»Darüber hätte er mich informieren müssen, finden Sie nicht?«

Carlos dachte darüber nach. »Vielleicht weiß er nichts davon. Vielleicht hat sein Auftraggeber selbst noch andere engagiert.« Er stand auf, nahm die Flasche Aigle aus dem Eiskübel, wischte sie mit der Serviette trocken, die über dem Flaschenhals gelegen hatte, und schenkte Allmen in korrekter Kellnerhaltung nach. Dann setzte er sich und war wieder Gast.

Allmen bedankte sich und nahm einen Schluck. »Oder vielleicht ist er Ihrer Meinung und findet die Sache zu groß für Allmen International.«

Sie aßen eine Weile schweigend marinierte Calamares, Crevetten und Fischfiletstücke aus den hohen Coupe-Gläsern.

»Haben Sie eine Idee, Carlos?«

»Una sugerencia, nada más«, antwortete Carlos bescheiden. Eine Anregung, mehr nicht.

Allmen hatte gelernt, solche Anregungen ernst zu nehmen.

»Im Prospekt über das Apartmenthaus in der Gelbburgstraße sind die Restaurants, Bars, Läden, Wäschereien und Sportanlagen in der Umgebung aufgelistet.«

Allmen nickte. Das war ihm ebenfalls aufgefallen.

»Auch ein Nachtclub.«

»›Lonely Nights‹«, bestätigte Allmen. »Und?«

»Una sugerencia, nada más«, wiederholte Carlos.

»Sie meinen, ein Apartmenthaus ist voller alleinstehender Herren. Und alleinstehende Herren neigen dazu, Nachtclubs zu besuchen.«

»Vielleicht kennt ihn dort jemand.«

»Vielleicht.« Allmen nahm sich vor, seine Siesta heute etwas zu verlängern. Es könnte spät werden.

6

Das Lonely Nights lag im Untergeschoss eines Intotels, »zehn Gehminuten von der Gelbburgstraße«, wie es in dem Prospekt für die Business Apartments hieß. Allmen stand vor einem hässlichen Gebäudekomplex und machte sich daran, die Treppe hinunterzusteigen, über der in rosaroten Leuchtbuchstaben »Lonely Nights« stand.

Neben dem Eingang war ein Schaukasten angebracht mit drei, vier Fotos von nur mit einem winzigen schwarzen Zensurbalken bekleideten Asiatinnen.

Die Tür war verschlossen, neben dem Türrahmen stand unter einer Messingklingel »Bitte läuten«.

Allmen tat es, und augenblicklich öffnete sich

die Tür. Ein bärtiger Mann im schwarzen Anzug musterte ihn kurz und ließ ihn ein. Wortlos.

Der hellste Punkt war eine kleine Bühne, auf die ein einziger Scheinwerfer gerichtet war. In seinem Kreis tanzte zu lautem Techno eine der Asiatinnen, die in der Vitrine abgebildet war. Der Rest des Clubs lag im Halbdunkel. Allmen musste seine Augen an die Lichtverhältnisse gewöhnen, bevor er sich orientieren konnte.

Vor der Bühne waren ein paar kaum beleuchtete Tischchen gruppiert. Daneben zog sich eine Bar über die ganze Längsseite des Raumes. An den Wänden waren in regelmäßigen Abständen künstlerische Aktfotos angebracht, jedes mit einem schwachen Spot beleuchtet.

Allmen setzte sich an die Bar und bestellte Wodka Perrier mit Eis und Zitrone.

Die Barfrau, eine mütterliche Blondine mit viel Make-up und Glitter, sagte: »Geht auch ein anderes Wasser?«

Eigentlich nicht. Aber Allmen wollte sich mit der Frau gut stellen und antwortete: »Geht auch. Und Sie?«

Jetzt lächelte sie und zeigte dabei sehr regelmäßige, sehr weiße Zähne. »Das Gleiche. Aber ohne Wasser, Eis und Zitrone.«

Weiter unten an der Bar waren zwei Männer mit

dem Rücken zur Bühne in ein Gespräch vertieft. Zwischen ihnen und Allmen saß einer allein. Er hatte die Ellbogen rücklings auf den Tresen gestützt und verschlang die Tänzerin mit den Augen. Nur zwei der Tischchen waren besetzt. An einem saßen ein Mann und eine Tänzerin, am anderen drei Mädchen, die zu Allmen herübersahen.

Er nahm seinen Drink, prostete der Bardame zu und wandte sich der Tänzerin zu.

Die Show bestand aus einer unerotischen Aerobicnummer, die ihn kaltließ. Trotzdem sah er mit höflichem Interesse zu. Das tat er immer, wenn sich jemand die Mühe machte, ihm etwas darzubieten. Auch während der schon tausendmal gesehenen Sicherheitsinstruktionen des Bordpersonals vor dem Start las er weder Zeitung, noch sah er aus dem Fenster. Es war für ihn eine Frage des Respekts. Wer sich die Mühe machte, Allmen etwas vorzuführen, hatte das Recht auf seine Aufmerksamkeit.

Die Musik brach abrupt ab, und die nackte Tänzerin verbeugte sich sehr tief. Mit dem Rücken zum spärlichen Publikum. Allmen war der Einzige, der applaudierte.

Er wandte sich wieder seinem Drink zu. Die Matrone hinter der Bar lächelte ihn an und leerte ihr Glas.

»Noch einen?«, fragte Allmen.

Sie schenkte sich ein und kam näher. »Was führt Sie in die Gegend? Geschäfte?«

»Auch. Und bei der Gelegenheit wollte ich einen Bekannten besuchen, der in der Nähe wohnt. Aber er ist umgezogen, und ich weiß nicht, wohin.«

»So nahe am Flughafen sind die Menschen nicht sehr sesshaft. Entweder vertreibt sie der Lärm, oder sie sind auf der Durchreise.« Sie sah an ihm vorbei in den Club. »Möchten Sie Gesellschaft?«

»Ich habe Gesellschaft.«

Sie sah wieder an ihm vorbei und schüttelte kaum merklich den Kopf.

»Er heißt Sokolow. Artjom Sokolow.«

»Hier haben die Gäste selten einen Namen. Wie sieht er denn aus?«

Allmen zögerte. Dann nahm er Sokolows Foto aus der Brieftasche und reichte es ihr. Sie sah Allmen prüfend an. »Polizist sind Sie nicht, dafür sind Sie zu gut angezogen.«

Sie ging zur Kasse, setzte eine Brille auf und knipste eine kleine Lampe an.

Eine junge Asiatin nutzte Allmens vorübergehende Einsamkeit und setzte sich auf den Barstuhl neben ihm. Er erkannte die Stripperin von soeben.

»Ganz allein?«, fragte sie.

Die Bardame kam zurück und gab der Tänzerin

mit einem schlaffen Handzeichen zu verstehen, sie solle verschwinden.

»Schon okay«, sagte Allmen zur Barfrau. Und zur Stripperin: »Was trinken Sie?«

»Piccolo«, lächelte sie.

Allmen bestellte eine Flasche Dom Pérignon und musste erfahren, dass im Lonely Nights die Skala nur bis Veuve Clicquot reichte. CHF 270.

Die Stripperin hingegen war begeistert. Sie fiel Allmen um den Hals und vertraute ihm an, dass sie Rosy heiße. »Wie die Rose, aber ich steche nicht«, fügte sie hinzu.

Die Barfrau, »Gerta« wurde sie von Rosy genannt, brachte den Champagner, den Eiskübel und zwei Gläser. Allmen bestellte ein drittes. Nicht, weil er vorhatte, zum Champagner zu wechseln. Aber er wusste, dass es in solchen Lokalen darum ging, die Flasche zu leeren. Nicht, sie zu trinken.

Aber im Lonely Nights in Schwarzegg galten andere Regeln. Hier wurde so selten Veuve Clicquot bestellt, dass er mit Vergnügen getrunken wurde.

Gerta schenkte also drei Gläser voll und stieß mit an. Danach gab sie ihm das Foto zurück. »Kann sein, dass der schon hier war.«

Rosy nahm ihm das Bild aus der Hand. »Sieht aus wie der Russe.«

»Russen gibt's hier viele«, warf Gerta dazwischen.

»Der mit den neun Flaschen.«

Gerta studierte das Bild noch einmal gründlich und gab es Allmen zurück. »Möglich.«

»Ganz bestimmt. Ich habe ihn von näher gesehen als du«, sagte Rosy vieldeutig.

»Wenn es der ist«, erläuterte die Barfrau Allmen, »dann hat der mal neun Flaschen Champagner springen lassen. Zwar nicht Veuve Clicquot, nur Haus-Champagner, aber immerhin. Geburtstag gehabt oder so.«

»Nicht Geburtstag«, korrigierte Rosy, »ein super Geschäft, hat er gesagt. Er feiere ein super Geschäft.«

»Wann war das?«

Die Frauen sahen sich fragend an. »Vielleicht vor einem Monat«, schlug Gerta vor. Rosy gab ihr recht.

Allmen war enttäuscht. Das lag zu lange zurück. Den rosa Diamanten konnte Sokolow mit diesen neun Flaschen Champagner nicht gefeiert haben.

»Moment«, murmelte Gerta und entfernte sich. Allmen sah, wie sie ein paar Worte mit den beiden Männern am Ende der Bar wechselte. Einer der beiden begleitete sie zurück.

Gerta stellte den Mann als Ted vor. Er war ein

kleiner struppiger Ire, der aussah wie ein Jockey im Ruhestand.

»Könnten Sie Ted das Foto zeigen?«, bat die Barfrau.

Der Ire prüfte das Bild und nickte. »Sieht aus wie Arti. Ein bisschen jünger, aber Arti. Was wollen Sie von ihm?«

»Ich war in der Gegend und wollte ihn besuchen, aber aus seiner Wohnung ist er ausgezogen, ohne eine Adresse zu hinterlassen.«

Ted nickte. »Eben noch da und schon weg.«

Allmen schüttelte lächelnd den Kopf. »Typisch Arti. Sitzleder hat er nie gehabt. Sie wissen nicht zufällig …«

Ted stimmte in Allmens Kopfschütteln ein. »Und wenn ich es wüsste, ich würde es Ihnen nicht verraten. Wenn ein Mann keine Adresse hinterlässt, dann hat er dafür einen Grund.«

Allmen pflichtete ihm uneingeschränkt bei. Er würde es von einem Freund auch nicht anders erwarten. »Aber vielleicht kann mir sein Arbeitgeber weiterhelfen«, schlug er vor.

Ted hob die Schultern. »Arti war Freelancer. Sein eigener Arbeitgeber. Programmierte mal für den und mal für jenen. Sie kennen Arti. Nichts geht ihm über seine Freiheit.«

Allmen nickte wissend. »Und für wen er freischaffend tätig war, hat er natürlich auch nie erwähnt.«

Ted lachte auf. »Arti doch nicht. Die Diskretion in Person.«

Ted fand Allmen so sympathisch, dass er ihm immer wieder versicherte, dass er ihm gerne weiterhelfen würde, wenn er könnte. Bei der dritten Flasche, die Allmen mittlerweile bestellt hatte, gestand er ihm, wenn er wüsste, wo Sokolow wohne oder für wen er arbeite, würde er es ihm verraten.

»Dir schon«, fügte er hinzu. »Den beiden anderen nicht.«

»Welchen anderen?«, wollte Allmen wissen.

»Denen, die vor ein paar Tagen nach Arti gefragt haben. Denen nicht.«

»Engländer? Amerikaner?«

»Beides.«

Es war fast zwei Uhr, als Allmen das Lonely Nights verließ. Rosy-aber-ich-steche-nicht hatte er mit einem Handkuss verabschiedet. Und einer großzügigen Entschädigung dafür, dass er aus Gründen, die er ihr beim nächsten Mal erläutern wollte, diesmal nicht auf ihren Vorschlag eingehen konnte, im Intotel ein Zimmer zu nehmen.

7

Wenn Carlos den Early Morning Tea brachte, sprach er nicht mehr als die Worte »*Muy buenos días,* Don John«. Denn es war jeweils fünf vor sieben, keine Uhrzeit für Konversation mit Allmen.

Ausgerechnet an diesem Morgen, an dem Allmens Kopf schwerer und seine Zunge trockener war als sonst, beschloss Carlos, eine Ausnahme zu machen. Dem »*Muy buenos días,* Don John« fügte er ein »*Cómo amaneció usted?*« hinzu, eine etwas zeremonielle Formulierung, um sich nach jemandes morgendlichem Befinden zu erkundigen.

Es war eine Frage, auf die Allmen um diese Zeit und in diesem Zustand noch keine ausführlichere Antwort bereithatte als »*Muy bien, gracias*«.

Carlos stellte die Tasse aufs Nachttischchen und wartete.

»Ich berichte später, wenn Sie Zeit haben.« Um sieben musste Carlos seine Arbeit beginnen, und Allmen könnte noch ein bisschen dösen.

Aber Carlos antwortete: »Ich habe Zeit. Es ist erst Viertel vor.«

Er hatte sich also die Freiheit genommen, seinen Patrón zehn Minuten früher zu wecken. So neugierig war er auf das Resultat von dessen Nachforschungen.

Umso enttäuschter war er, als Allmen seinen kurzen Bericht beendet hatte.

»*Lo siento,* das ist alles«, entschuldigte sich Allmen.

»*No tenga pena*«, beruhigte ihn Carlos. »Wenn Sie mir dann die Belege bereitlegen würden für die Spesenabrechnung.«

Dann wünschte er ihm einen schönen Tag und bat um die Erlaubnis, sich zurückziehen zu dürfen. »*Con permiso.*«

Die Spesenabrechnung war ein Dauerthema. Es war gegen Allmens Natur, Spesenbelege zu sammeln. Das war etwas für Krämer. Den Mann von Welt interessiert es nicht, wofür sein Geld draufgegangen ist.

Er setzte sich auf, stopfte sich ein Kissen hinter den Rücken und schlürfte den lauwarm gewordenen Tee.

Niemand verschwindet spurlos. Aber manchmal verschwindet die Spur wie das Ende des Wollfadens im Knäuel. Sie mussten es finden, bevor es ein anderer tat.

8

Es war Carlos, der den Faden wiederfand.

»Die Gelbburgstraße«, sagte er mit seiner Hartnäckigkeit, die Allmen manchmal als Sturheit auf die Nerven ging, »die Gelbburgstraße ist unsere beste Spur.«

Während Allmen Überlegungen anstellte, wie er mögliche Auftraggeber von Sokolow ausfindig machen könnte – wobei er völlig auf Carlos' Internetkenntnisse angewiesen wäre – , machte sich dieser Gedanken zu dem Apartmenthaus. Im Prospekt stieß er schließlich auf etwas, was ihn inspirierte: »Reinigung 1 x wöchentlich, inkl. Abfallbeseitigung.«

Das war es. Sie mussten die Nachforschungen eine soziale Stufe tiefer weiterführen. Dafür war Allmen der falsche Mann. In der Vorbereitungsphase war Carlos allerdings auf dessen Hilfe angewiesen.

Er ging in die Bibliothek, wo Allmen nach der Siesta eine Stunde zu lesen pflegte, und erläuterte ihm seinen Plan.

Allmen griff zum Telefon und rief bei Immolandia an. Die Frau, die ihm am Tag zuvor Auskunft gegeben hatte, meldete sich. Sie klang erfreut, so rasch wieder von ihm zu hören.

»Eine kleine technische Frage« hatte der Herr von Allmen: »Ich entnehme Ihrem Prospekt, dass die Apartments einmal wöchentlich gereinigt werden. Wann ist das normalerweise? Unsere Teams arbeiten vornehmlich zu Hause und nehmen regelmäßig an internationalen Videokonferenzen teil. Dabei sind Störungen durch Putzpersonal unerwünscht.«

Diese Begründung war Carlos eingefallen. Die Dame von Immolandia zweifelte keine Sekunde an ihrer Plausibilität und bat ihn um einen Augenblick Geduld.

Nach längerer Zeit kam sie mit der Information zurück, dass es auf die Etagen ankomme. »Erste und zweite Dienstag, dritte und vierte Mittwoch.«

»Vormittags oder nachmittags?«

Wieder ließ sie Allmen warten. Er hörte sie auf einer anderen Leitung telefonieren. »Vormittags«, lautete das Resultat ihrer Nachforschungen.

Allmen bedankte sich, versprach, die Information an die zuständige Abteilung weiterzugeben, die sich dann direkt melden werde.

Morgen war Mittwoch.

9

In der Nacht fielen die Temperaturen, und es regnete so stark, dass Carlos mehrmals aufstehen musste, um unter den Lecks im Glasdach der Bibliothek die Töpfe und Schüsseln zu leeren.

Jetzt, am frühen Vormittag, hatte es wieder zu regnen begonnen. Carlos, der seine Halbtagsarbeit je nach Witterung und anfallenden Arbeiten entweder vormittags oder nachmittags erledigte, hatte den Vormittag freigenommen.

Auf dem Weg vom Bahnhof Schwarzegg bis zur Gelbburgstraße musste er den Schirm aufspannen. In einer Hand trug er den Kleidersack mit dem Anzug. Wenn er ihm zu schwer wurde, tauschte er ihn gegen den Schirm aus. Immer öfter musste er die Hand wechseln.

Vor dem Haus stand ein Kombi mit Taxischild. Der Fahrer war seinem Fahrgast behilflich, eine Menge Gepäck im Laderaum zu verstauen. Carlos nahm den Lift in den dritten Stock.

Die Tür zu Apartment 12 stand offen. In der Diele standen ein paar Müllsäcke und ein Rollköfferchen. »Hallo?«, rief Carlos. Keine Antwort.

»Wen suchen Sie?«, fragte eine Stimme hinter ihm. Es war der Mann, der soeben das Taxi beladen hatte.

»Sind Sie Herr Sokolow?«

»Der wohnt schon lange nicht mehr hier.« Der Mann ging rein und holte das Rollköfferchen. »Und ich ab sofort auch nicht mehr.«

»Kennen Sie seine neue Adresse?« Versuchen konnte er es ja, fand Carlos.

»Nein, aber langsam fängt sie mich auch an zu interessieren.« Er schloss die Tür und entfernte sich grußlos.

Carlos ging von Wohnungstür zu Wohnungstür. Nirgends ein Putzteam zu sehen. Er stieg eine Treppe höher. Dort, vor Apartment 15, stand ein Putzwagen. Die Tür war halb offen. Das Jammern eines Staubsaugers drang heraus.

»Hallo?«, rief Carlos. *»Con permiso?«*

Der Staubsauger wurde abgestellt. Eine untersetzte grauhaarige Frau kam zur Tür. *»Sí?«*

Carlos hatte Glück, die Frau war Ecuadorianerin. Das erleichterte das Gespräch.

»Ich suche Herrn Sokolow, Apartment 12.«

»Der wohnt nicht mehr hier.«

»Ich weiß. Eben bin ich seinem Nachfolger begegnet. Der wohnt auch nicht mehr hier.«

»Hier wohnt man nicht lange.«

»Wo bekomme ich jetzt seine neue Adresse?«

Die Frau zuckte mit den Schultern. »Sie sind nicht der Einzige, der das gerne wissen möchte.«

Carlos seufzte theatralisch und hob anklagend den Kleidersack in die Höhe. »Was mache ich jetzt damit?«

»Sind Sie von der chemischen Reinigung?«

»Chemische Reinigung? Schneider! Das ist ein Maßanzug!« Carlos öffnete den Reißverschluss. Zum Vorschein kam einer von Allmens vielen Maßanzügen. Aus sehr hellem Kaschmirstoff, bei dessen Farbwahl sein Patrón sich ein wenig vergriffen hatte. Der Anzug war ungetragen.

»Fassen Sie mal an. Über sechstausend!«

Die Frau streifte einen der Gummihandschuhe ab und berührte den Stoff voller Ehrfurcht. *»Una maravilla!«*, stieß sie aus.

»Wer bezahlt mir den jetzt?« Carlos schien den Tränen nahe.

Die Frau erbarmte sich. »Haben Sie etwas zum Schreiben?«

Carlos schloss den Reißverschluss des Kleidersacks, legte ihn vorsichtig auf den Boden und nahm aus seiner Brusttasche Notizblock und Kugelschreiber.

»Maria Moreno«, diktierte die Frau. »Kolumbianerin. Sie arbeitete auch hier. Sie hat erzählt, Sokolow habe ihr eine Stelle als Haushälterin angeboten.«

»Und? Hat sie sie angenommen?«

»Weiß nicht. Auf jeden Fall war sie auch weg, als er weg war. Maria Moreno.«

»Hab ich. Weiter?«

»Kolumbianerin.«

»Ja. Hab ich. Weiter?«

»Nichts weiter. Maria Moreno. Mehr weiß ich nicht. Maria Moreno, Kolumbien.«

Carlos seufzte. »Arbeiten Sie für die Immobilienfirma oder für ein Putzinstitut?«

Die Frau wurde misstrauisch. »Warum?«

»In deren Unterlagen müsste ihre Adresse doch zu finden sein.«

Sie sah ihn an, wie man ein begriffsstutziges Kind anschaut. Jetzt erst schaltete Carlos. Maria Morenos Aufenthaltsstatus war wie sein eigener: illegal.

Er bedankte und verabschiedete sich.

In der fast leeren S-Bahn saßen drei Jugendliche auf den Stufen zu den oberen Abteilen und ließen einen Joint herumgehen. Regenwasser floss die Scheiben hinab.

Carlos legte den Kleidersack sorgfältig auf die Gepäckablage, räumte die Pendlerzeitungen weg und setzte sich.

Sehr viel weiter als sein Patrón war auch er nicht gekommen.

10

Der Putumayo Club bestand aus einem Schild, auf dem, umrahmt von Orchideen, in bunten Buchstaben »Putumayo Club« stand. Unter der Woche hing es zwischen den Fußballbildern, Clubemblemen, Fotos der Stammgäste, Jassteppichen und Tagestellerangeboten über dem Stammtisch.

Aber jeden Donnerstag schmückte es den Eingang zum »Säli« des Alten Kanoniers, dem kleinen Festsaal zwischen Wirtsstube und Kegelbahn. Dort trafen sich die Kolumbianer.

Das Wirtshaus befand sich in einem Außenquartier. Das Taxi hielt vor einem Eckgebäude, dessen Wohnungen auf das Gleiswirrwarr des Güterbahnhofs blickten. »Zum alten Kanonier« stand auf dem Leuchtkasten einer Biermarke, die es nicht mehr gab. Zwei Treppenstufen führten zur Eingangstür. Durch eine vergitterte gelbe Scheibe drang Licht nach draußen.

Die Gaststube war schlecht besetzt. Am Stammtisch spielten ein paar Männer Karten, an einem anderen saß ein altes Paar, das sich ein Essen auswärts leistete. Eine müde Frau aß mit ihren drei halbwüchsigen Kindern, ein junges Paar führte ein verlegenes Gespräch, vier junge Männer in Trainingsanzügen tranken Bier.

Carlos ging voraus, am Büfett vorbei in einen Korridor. Aus einer Tür drang lauter Salsa. Eine Kellnerin mit einem Tablett voll leerer Gläser kam ihnen entgegen und zwängte sich vorbei. Sie betraten den Putumayo Club.

Der Raum war nicht so voll, wie es von draußen geklungen hatte. Die Kolumbianer saßen an langen Tischen und sahen den paar Tänzern zu. Unterhalten konnte man sich nur, indem man schrie. Falls die Gäste dies getan hatten, waren sie beim Eintreten des ungleichen Paars verstummt.

Allmen und Carlos setzten sich an einen der großen Tische, nickten den Leuten zu, die dort schon saßen, und warteten ab, bis die Musik ein Gespräch zuließ. Sie mussten lange warten.

So ohrenbetäubend die Musik gewesen war, so überwältigend war die Stille, als sie aufhörte. Die Gäste saßen plötzlich stumm vor ihren Getränken, lächelten sich an und schienen darauf zu warten, dass sich wieder eine Geräuschkulisse bildete, in deren Schutz sie miteinander sprechen konnten.

Der Mann, der ihnen in Begleitung von zwei Frauen mittleren Alters am nächsten saß, war auch der Erste, der sich hervorwagte. »Ich habe Sie hier noch nie gesehen«, sagte er zu Carlos.

»Wir sind zum ersten Mal hier«, antwortete Carlos.

»No me diga!«, rief der Tischnachbar aus. »Was Sie nicht sagen!«

»Sie bestimmt nicht«, bemerkte Allmen.

»Ich?« Der Mann entblößte einen goldgefassten Schneidezahn. »Ich habe den Putumayo Club mitbegründet. Vor acht Jahren. Mein Name ist übrigens Alfredo.«

»Dann kennen Sie bestimmt alle Kolumbianer der Stadt«, vermutete Carlos.

»Es gibt nicht viele, die ich nicht kenne.« Der Mann sonnte sich eine Weile in diesem Umstand. »Vierhundertzweiunddreißig Mitglieder. Angefangen haben wir bei sechzehn. In acht Jahren!«

»No me diga!«, rief auch Carlos ungläubig aus.

Obwohl er schon so viele Jahre in Gesellschaft von Carlos lebte, hatte sich Allmen noch immer nicht an das umständliche Zeremoniell solcher Konversationen gewöhnt.

Er sah, wie sich die Paare von vorhin wieder zum Tanz bereitmachten und sich ein paar jüngere Vereinsmitglieder um die Musikanlage scharten und in den CDs stöberten.

»Heute ist ein normaler Clubabend. Aber Sie sollten einmal am Tag der Befreiung hier sein. Oder am Tag der Unabhängigkeit. Da müssen wir die Wirtsstube dazumieten. Und dann stehen immer noch Leute auf der Straße.«

Allmen verlor allmählich die Geduld. »Dann können Sie uns vielleicht helfen«, sagte er.

»Con mucho gusto«, antwortete Alfredo. Mit Vergnügen.

Die Musik machte jedes weitere Gespräch unmöglich.

Erst in der nächsten Pause konnten Carlos und Allmen ihre Frage anbringen.

»Maria Moreno?«, wiederholte Alfredo und sah seine zwei Begleiterinnen fragend an. Auch sie sagten sich den Namen vor. »Maria Moreno?«

Alle drei schüttelten den Kopf.

Vielleicht hätte Allmen International Inquiries schon aufgegeben, wenn sich nicht eine der beiden Frauen verraten hätte: »Was wollen Sie denn von ihr?«

»Sie wurde mir empfohlen. Falls Sie ihr begegnen, sagen Sie ihr doch, sie soll mich anrufen.« Allmen überreichte ihr seine Karte. Der Mann nahm sie ihr aus der Hand, studierte sie und steckte sie ein.

Sie hatten das umständliche Abschiedszeremoniell noch nicht beendet, als die Musik sie davon erlöste.

11

Im Viennois waren die üblichen Nach-Zehn-Uhr-Gäste versammelt. Allmen saß an seinem angestammten Tisch zwischen dem des pensionierten Literaturkritikers, der mit seinem schweratmenden Pekinesen die in Milchkaffee getunkten Croissants teilte, und dem des auch nicht mehr ganz jungen Models mit den zwei Handys – eines zum ununterbrochen Telefonieren und eines zum Anrufe-von-Agenturen-Erwarten.

Er trank wie immer seine »Schale«, aß ein Croissant und las eine Geschichte. Heute Anton Čechov, *Anna am Halse.*

Die beiden uralten Damen, die sich in verschiedenen Taxis bringen und abholen ließen, waren in ihr schleppendes Gespräch vertieft, das sich, wie Allmen vermutete, um Äußerlichkeiten der Passanten drehte, die die beiden von ihrem Fensterplatz aus beobachteten. Der Zeitungsleser, der alle Stühle an seinem Tisch mit Mappe, Hut, Einkaufstüte und Mantel belegte, schnitt wie immer mit seiner Taschenmesserschere verstohlen Artikel aus den mit »Café Viennois« abgestempelten Zeitungen aus. An dem Tisch, an dem sich die drei Ladenbesitzer trafen, war noch immer der vierte Stuhl frei. Im Andenken an den Antiquitätenhändler Tanner, den die Libellenschalen damals das Leben gekostet hatten.

Es gab wenige Orte, an denen Allmen sich so zu Hause fühlte wie in diesem altmodischen Café. Er hatte hier schon als Student gesessen, wenn er es in den Semesterferien auf dem Bauernhof seines Vaters nicht ausgehalten hatte. Das Klappern der Tassen, das Schnauben der alten Lavazza und die gedämpften, entspannten Stimmen waren für ihn heimatlichere Klänge als das Schnauben und Stampfen der Kühe im Stall seines Elternhauses.

Allmen legte sein Buch auf den Tisch, trank einen Schluck Kaffee und sah sich um. Die Empfangsdame einer Praxisgemeinschaft kam mit einem Tablett voll schmutziger Tassen an und trank am Tresen einen Espresso, während sie auf die Kaffeebestellung für ihre Kollegen wartete. Auch die beiden Beamten der Stadtverwaltung waren eingetroffen, die jeden Wochentag miteinander um ihren Kaffee und ihre Croissants knobelten.

Ein Handy spielte seine dämliche Melodie. Nur daran, dass etwas in seinem Jackett vibrierte, merkte Allmen, dass es sein eigenes war. Er ließ sich von Carlos immer wieder seinen Klingelton ändern, jeder war ihm peinlich.

Er meldete sich. Eine Frau fragte auf Spanisch: »Sind Sie Herr von Allmen?«

»Allmen. Allmen reicht.«

»Ich bin Maria Moreno. Man hat mir gesagt, Sie hätten sich nach mir erkundigt.«

»Schön, dass Sie anrufen.«

»Jemand habe mich empfohlen.«

»Stimmt.«

»Wer?«

»Eine frühere Arbeitskollegin von der Gelbburgstraße. Aber sie hat gesagt, Sie hätten vielleicht etwas Festes.«

Nach kurzem Zögern sagte sie: »Nicht mehr. Ich bin frei. Ich mache aber keine Büros. Nur privat.«

»Ich bin privat.«

»Ihre Karte sieht aus wie von einer Firma.«

»Es wäre aber für mich privat.«

»Fest oder stundenweise?«

»Stundenweise.«

»Ich suche fest. Mit Wohnung.«

Allmen zögerte.

»Oder stundenweise. Geht auch. Dreißig.«

Als Allmen nicht sofort antwortete, fügte sie hinzu: »Oder fünfundzwanzig. Weniger nicht.«

»Die Details besprechen Sie dann mit meinem Assistenten. Ich leite Ihre Daten an ihn weiter. Moment.« Allmen blätterte zur letzten Seite seines Čechov und holte seinen Schreiber aus dem Jackett. »Also, ich notiere.«

»Was notieren Sie?«

»Ihre Personalien. Name, Adresse und so weiter.«

»Wozu brauchen Sie die?«

»Um sie an meinen Assistenten weiterzugeben.«

Die Frau schwieg. Dann sagte sie mit etwas veränderter Stimme: »Ich kann aber nicht offiziell.«

»Keine Angst. Das geht nicht weiter als bis zu meinem Assistenten.«

Maria Moreno gab Allmen ihre Personalien. Erst bei den Fragen zu ihrem früheren Arbeitgeber kam sie ins Stocken. »Weshalb brauchen Sie die?«

»Für etwaige Referenzen. Reine Routine.«

Widerwillig machte sie die Angaben. »Artjom Sokolow, Spätbergstraße 19. Aber dort erreichen Sie ihn nicht.«

»Weshalb?«

»Er ist weg.«

»Für länger?«

»Weiß nicht.«

»Wohin?«

»Weiß nicht.«

Allmen verabschiedete sich und versprach, dass Herr de Leon sich mit ihr in Verbindung setzen werde.

Er kannte die Spätbergstraße. Sie lag keine fünf Gehminuten von der Villa Schwarzacker entfernt.

Er steckte das Handy zurück in die Innentasche

seines Jacketts und winkte Gianfranco für die Rechnung.

Während er wartete, fiel ihm ein Gast auf. Er saß ein paar Tische weiter, wie Allmen mit dem Rücken zur Wand, und las die *International Herald Tribune*. Allmen konnte ihn in dem breiten Wandspiegel beobachten. Einmal blickte der Mann über den Zeitungsrand, und ihre Blicke begegneten sich. Jetzt erst fiel Allmen die große Ähnlichkeit mit einem Schauspieler auf. Der Name lag ihm auf der Zunge, aber er kam nicht drauf.

Er wandte sich wieder seinem Buch zu, aber der Name des Schauspielers ließ ihm keine Ruhe. Immer wieder blickte er zu dem Mann mit der Zeitung. Als sich ihre Augen erneut begegneten, sah der Mann gleich darauf an ihm vorbei. Allmen folgte seinem Blick und bemerkte zwei Männer, die halb abgewandt an einem Fenstertisch saßen.

Als er bezahlt hatte und an ihnen vorbei zum Ausgang ging, hörte er sie reden. Es waren Engländer.

12

Das Haus in der Spätbergstraße 19 war eine architektonisch etwas verunglückte Villa aus den sechziger Jahren. Sie war in einer Mischung aus englischem und Tessiner Landhausstil gebaut, in dieser Gegend ohne Vorbilder und zum Glück auch fast ohne Nachahmer.

Sie stand nur etwa zehn Meter von der dichten Thujahecke entfernt, die das Grundstück gegen die Straße abschirmte. Dafür blieb im Westen, auf der Vorderseite des Gebäudes, ein breites Stück Land übrig. Von dort aus musste man einen schönen Blick auf See und Berge haben.

Das Haus sah unbewohnt aus. Die Fensterläden der unteren Etage waren geschlossen, die Fenster der oberen besaßen keine Vorhänge. Der Rasen, der den Plattenweg zur Haustür umgab, hatte einen Schnitt nötig, und der Briefkasten, der in den Gartentorpfeiler eingelassen war, quoll über von Quartierzeitungen und Prospekten, trotz der Aufschrift »Stopp! Keine Reklame!«. Ins Namensschild des Briefkastens hatte jemand von Hand »A. S.« geschrieben.

»A. S.«, Artjom Sokolow.

Allmen drückte auf die Klingel. Ohne Hoffnung, einfach, um nichts unversucht gelassen zu haben.

Und tatsächlich: In der oberen Etage wurde ein Fenster geöffnet. Ein jüngerer Mann in Anzug und Krawatte wurde sichtbar. »Zu wem wollen Sie?«

»Ich habe eine Frage zu diesem Haus.«

Der Mann taxierte Allmen und beschloss, dass ihn die Frage dieses eleganten Herrn interessierte. »Moment!«, rief er und schloss das Fenster.

Kurz darauf öffnete er das Gartentor und kam auf Allmen zu. Er gab ihm die Hand und stellte sich als »Schuler« vor.

»Allmen, freut mich.« Er gab ihm seine Karte, wieder die als CEO.

Schuler warf einen Blick darauf. »Aha, sozusagen ein Nachbar. Was kann ich für Sie tun?«

Schulers kurze Haare waren über der Stirn etwas länger und mit viel Gel zu Igelstacheln gestylt. Er benutzte zu viel eines zu aufdringlichen Eau de Toilette.

»Ich komme hier immer wieder vorbei und sehe das Haus leerstehen. Steht es zum Verkauf?«

Schuler schüttelte den Kopf. »Leider nicht. Das Objekt wird nur vermietet.«

»Ach so. Nun, ich wäre auch an einer Miete interessiert. Sie müsste allerdings sehr langfristig sein.«

»Das Haus ist bereits vermietet. Bedaure.«

Schuler sah wirklich aus, als bedaure er es.

»Sind Sie der Mieter?«

»Nein, ich bin von der Hausverwaltung.« Er fischte eine Visitenkarte hinter seinem Einstecktuch heraus und überreichte sie Allmen. »Immolux«, stand dort, »Ihr Spezialist für Immobilien der Sonderklasse. Esteban Schuler, Assistant Vice President«.

»Aber sehr bewohnt sieht das Haus nicht aus, Herr Schuler.«

Schuler seufzte. »Ist es auch nicht. Der Mieter ist nie richtig eingezogen.«

»Wie schade für ein solches Juwel.«

Beide betrachteten voller Mitgefühl das verschmähte Haus.

»Hat er denn die Absicht zurückzukommen?«, wollte Allmen wissen.

»Wir gehen davon aus. Der Vertrag läuft bis Jahresende.«

»Vielleicht wäre er interessiert an einer Ablösung. Ich würde keine Sekunde zögern.«

Schuler musterte den Interessenten mit der vertrauenerweckenden Adresse. »Sie wohnen ja auch schön.«

»Die Villa Schwarzacker? Die würde ich natürlich nie aufgeben. Sie wird nur langsam etwas eng für die Zwecke meiner Firma. Was ich suche, ist etwas zum Wohnen. Gehdistanz.«

Schuler erklärte sich bereit zu einer kleinen Führung.

Im großen Vestibül stand eine Lieferung noch verpackter Möbel, sonst war das Haus praktisch leer. In der Küche gab es ein paar Küchengeräte, im großen Salon stand ein Sofa wie eine Aussichtsbank vor dem Fenster. Im Elternschlafzimmer lag eine Matratze am Boden, mit frischem Bettzeug bezogen, wohl noch das Werk von Maria Moreno. In einem Mottenschrank aus Plastik hing ein Anzug, im Mosaik-Badezimmer fanden sich eine Seife, eine Flasche Duschgel und eine ungeöffnete Tube Zahnpasta mit einem Aktionskleber »2 für 1«.

Die prägenden Stilelemente des Hauses waren Rundbögen aus Backstein, Verzierungen aus Schmiedeeisen, phantasievolle Parketts und dekorative Steinböden. Allmen kam sich vor wie im Dekor einer Fernsehsendung von Vico Torriani.

Die Villa besaß elf Zimmer, eine Sauna, eine Kellerbar mit Butzenscheiben, eine automatische Kegelbahn, einen klimatisierten Weinkeller, Wirtschafts- und Personalräume.

Im Garten gab es eine künstliche Grotte mit einem Grill und einem Kühlschrank. Und einen nierenförmigen Pool, umrandet von grobbehauenen Granitplatten. Das einzig Schöne war der Blick: Über die Dächer der weiter unten am Hang liegenden Nachbarhäuser sah man auf Stadt und See hinunter im Licht des wechselhaften Sommertages.

Die Miete betrug sechzehntausend Franken im Monat. Plus Nebenkosten. Allmen bezeichnete den Preis als fair.

»Dann setzen wir uns am besten noch heute mit dem Mieter in Verbindung«, schlug er vor.

Schuler drehte hilflos die Handflächen nach oben. »Wenn das so einfach wäre. Ich habe keine Kontaktadresse. Weder eine postalische noch eine elektronische. Und sein Handy antwortet nicht. Aber ich verspreche Ihnen: Sobald er mit uns Kontakt aufgenommen hat, hören Sie von mir.«

13

Allmen liebte den Geruch von frischgemähtem Rasen. Er zog ihn dem von frischgemähtem Gras vor. Dieser erinnerte ihn an seine Jugend. Er war der Vorbote der Heusaison gewesen. Des sonnenverbrannten Nackens, an dem der Heustaub klebte und juckte.

Der Duft von frischgemähtem Rasen weckte keine bäuerischen Erinnerungen. Es war ein eleganter Duft. Er roch nach Landsitzen, Golfclubs, Lawn Tennis und Garden Parties. Auch nach denen in der Villa Schwarzacker, für die Allmen damals gegen das Wetterrisiko auf einem Teil des Rasens die Beduinenzelte aufstellen ließ, die nun im Schuppen der Villa eingemottet waren. Wenn Allmen Maître Parfumeur wäre, er hätte längst den Duft »Lawn« kreiert.

Aber an diesem späten Nachmittag hätte er lieber auf den Rasenduft verzichtet, um dafür etwas früher mit dem Mann reden zu können, der ihn hervorrief.

Carlos saß auf dem Aufsitzmäher und fuhr seine aufreizend langsamen Bahnen, obwohl es nach fünf war und seine Arbeitszeit damit zu Ende. Allmen beobachtete ihn von der Bibliothek aus – sah ihn hinter der Villa hervorkommen, bis zur Nordhecke tuckern, wenden, wieder vorbeifahren und hinter der Villa verschwinden. Als Carlos verschwunden blieb, wusste Allmen, dass es jetzt noch eine Weile dauern würde, bis er den Mäher gereinigt und im Schuppen untergebracht hatte.

Er setzte sich in den Lesesessel und tat so, als sei er in sein Buch versunken. Aber als er Carlos endlich auf das Gärtnerhaus zukommen sah, stand er auf und begab sich ins Vestibül für eine zufällige Begegnung.

Carlos kam in seinem grauen Overall und einer Duftwolke von »Lawn« herein.

Als er sich gleich zum Umziehen zurückziehen wollte, hielt ihn Allmen zurück.

»Ich war drin.«

»No me diga!«

»Sokolow hat das Haus nie richtig bewohnt. Er ist kurz nach seinem Einzug untergetaucht.«

Allmen erzählte Carlos von seiner zufälligen Begegnung mit dem Verwalter und gab ihm eine ausführliche Beschreibung des Hauses.

Als er seinen Bericht beendet hatte, fragte er: »Was kann jemanden, der ein teures Haus gemietet, bis Jahresende bezahlt und schon die Möbel bestellt hat, dazu bringen, spurlos zu verschwinden?«

Carlos brauchte nicht nachzudenken. *»Miedo.«*

»Angst? Er hatte ja auch keine Angst, einen Diamanten im Wert von fünfundvierzig Millionen zu stehlen. Sokolow fühlte sich sicher. Sonst hätte er doch diese Villa nicht gemietet. Nein, nein, Sokolow hat sich auf ein gemütliches Leben im Wohlstand eingerichtet. Irgendetwas ist danach passiert.«

Carlos nickte nachdenklich. »Das glaube ich auch, Don John. Etwas ist passiert. Vielleicht sogar ihm.« Er entschuldigte sich und stieg die Treppe zu seinem Quartier hinauf.

Bevor Allmen aus dem Haus ging – die Premiere von Bellinis *Sonnambula* stand an diesem Abend auf seinem Programm –, sprach er noch einmal mit Carlos. Er stand im dunklen Anzug in der kleinen Diele und wartete auf das Klingeln von Herrn Arnold, der ihn zur Golden Bar fahren würde. Dort wollte er wie immer vor der Oper seine beiden Margaritas trinken. Carlos leistete ihm beim Warten Gesellschaft.

»Carlos, ich habe gelesen, dass jeder Computer seine eigene Adresse hat.«

»*Sí,* Don John. Die IP-Adresse.«

»Und damit kann man den Standort des Computers feststellen?«

»Man kann den Standort des Routers feststellen, über den er sich mit dem Internet verbindet.«

»Warum tun Sie das nicht, Carlos?«

»Ich müsste über seinen Provider gehen, aber ich weiß nicht, wer das ist. Die Mailadresse, die wir von Montgomery bekommen haben, funktioniert nicht mehr. Sokolows Mail Account ist nicht mehr auf diesem Server.«

Es klingelte. Carlos ging zur Gegensprechanlage. »Ja?«

»Taxi«, sagte Herrn Arnolds Stimme.

»Herr von Allmen kommt gleich.« Carlos öffnete für Allmen die Tür und wünschte ihm einen schönen Abend.

Aber Allmen blieb noch einmal stehen. »Und wenn Sokolow den Provider erst von seinem neuen Aufenthaltsort aus gewechselt hätte?«

»Dann könnte man die IP-Adresse über den alten Provider herausfinden.«

Allmen sah Carlos aufmunternd an.

Carlos schüttelte den Kopf. »Nur über den Administrator des Servers.«

»Wissen Sie, wer das ist?«

»Ich könnte es herausfinden.«

»Und weshalb tun Sie es nicht?«

»Ein Administrator gibt die IP-Adresse nur an die Polizei heraus.«

»Ach so.« Allmen ging hinaus in den lauen Sommerabend.

Keine Viertelstunde später wusste Carlos mehr über den früheren Server von Sokolows Mailadresse soko@phinnkka.com.

http://www.phinnkka.com stand in Kolbhausen, einem Vorort keine zwanzig Kilometer von hier. Der Server-Suchdienst zeigte ihm den Standort an, und er konnte diesen so nahe heranzoomen, dass er die Straße sah. Sie hieß Schwarzkirschstraße, eine kurze Sackgasse mit vier Häusern. Im Luftaufnahmemodus konnte er die Dächer der Häuser deutlich erkennen.

14

Es roch nach Schweinezucht und Teer. Kolbhausen lag hinter den östlichen Hügeln der Stadt, ohne Aussicht auf den See und mit schlechten Verkehrsverbindungen. Die Schwarzkirschstraße lag in einer kleinen Einfamilienhaussiedlung aus den sechziger Jahren, umgeben von Landwirtschaftsbetrieben, einer kleinen Konservendosenfabrik und einer Werkstatt für Landwirtschaftsmaschinen.

Herr Arnold hielt vor einem der vier Häuschen mit steilen Giebeln, Apfelspalieren und hässlichen Garagenanbauten aus verschiedenen Epochen der vergangenen fünfzig Jahre.

Es war nicht schwer, das richtige zu finden. Am Eingang des zweiten war anstelle der Hausnummer ein @ angebracht. Allmen öffnete das eingerostete Gartentor. Ein Kiesweg führte durch den verwilderten Garten zum Hauseingang. »Ernst Neuenhauser« stand über der Klingel. Er drückte darauf. Im Haus war das Brüllen eines Löwen zu hören.

Allmen erschrak und trat einen Schritt zurück. Nichts geschah. Alles still, bis auf das rasche Tropfen eines Wasserhahns neben der Haustür, unter dem ein grüner Plastikeimer überlief.

Er klingelte erneut. Wieder das Löwengebrüll. Wieder geschah nichts weiter.

Allmen ging ums Haus herum. Den größten Teil des Gartens nahmen verwahrloste Gemüsebeete ein. Aufgeschossener Salat, leere Bohnenstangen und Tomatengerüste, die Wege zwischen den Beeten überwuchert, ein morsches Regenfass, ein aufgerollter brüchiger Gartenschlauch inmitten von kerngesunden Brennnesseln.

Drei Treppenstufen führten aus dem Haus heraus. Die Tür besaß ein mit Schmiedeeisen vergittertes Fenster und stand halb offen. Links davon ein großes Blumenfenster ohne Blumen und mit zugezogenen Vorhängen. Kein Lebenszeichen.

Doch gerade, als Allmen den Blick abwenden wollte, sah er eine Bewegung. Als hätte jemand den Vorhang ein wenig beiseitegeschoben und jetzt fallen lassen.

Allmen ging zu den drei Stufen, zögerte einen Moment und stieg dann hinauf. An der halboffenen Tür blieb er stehen. Er hörte Musik, einen Volksmusikschlager.

»Hallo?«, rief er, »jemand zu Hause?« Und als keine Reaktion kam, etwas lauter: »Entschuldigung, ich suche Herrn Neuenhauser!«

Es roch nach Essen, Zigaretten und Schweiß. Allmen streckte den Kopf in den Raum. Er sah in ein abgedunkeltes Zimmer, in dem eine unbeschreibliche Unordnung herrschte. Kleider, Einkaufstaschen, Pizzaschachteln, schmutziges Geschirr, leere Anderthalb-Liter-Cola-Flaschen und Eistee-Tetrapaks.

Allmen rief noch einmal: »Jemand da?« Dann betrat er den Raum.

In dem Teil des Zimmers, das vorher im toten Winkel gelegen hatte, sah er ein paar Kunststoffboxen, die vermutlich etwas mit Computern zu tun hatten. Vielleicht sahen so Server aus. Daneben, auf einem mächtigen Bürosessel, saß ein sehr dicker jüngerer Mann vor mehreren Bildschirmen. Er schien Allmen nicht bemerkt zu haben.

»Grüezi«, sagte Allmen. Und dann noch einmal, etwas lauter: »Grüezi, Herr Neuenhauser.«

Jetzt wandte der Mann den Kopf und sah ihn misstrauisch an. »Was wollen Sie?«

»Entschuldigen Sie, dass ich hier einfach so eindringe.«

»Was wollen Sie?« Neuenhauser trug ein T-Shirt mit der Aufschrift »World Congress on IT 2008«. Es zeichnete jeden seiner Wülste ab.

»Haben Sie einen Moment Zeit?«

»Nein. Was wollen Sie?«

»Es geht um einen Bekannten.«

Neuenhauser nahm aus einer Zellophantüte etwas Buntes, steckte es in den Mund und begann zu kauen, als wäre es eine lästige Pflicht.

»Ich versuche ihn seit Tagen vergeblich zu kontaktieren. Er hatte bis vor kurzem eine Domain bei Ihnen. Ich dachte, Sie könnten mir vielleicht helfen.«

»Sind Sie von der Polizei?«

»Nein.«

»Dann kann ich Ihnen nicht weiterhelfen.«

»Das verstehe ich.« Allmen sah den dicken Mann schweigend an, bis er den Blick abwandte.

»Wie heißt er denn?«

»Sokolow. Artjom Sokolow.«

Der dicke Mann nickte, als hätte er nichts anderes erwartet.

Allmen fasste nach: »Seine Domain hieß« – Allmen musste sein Stenoblöckchen konsultieren – »phinnkka.com.«

Neuenhauser stand auf. Es sah aus, als folge sein unförmiger Körper seinen behenden Bewegungen widerwillig und mit der Verzögerung von ein paar Sekundenbruchteilen.

Er ging auf die Tür zu. Einen Moment dachte Allmen, er wolle das Zimmer verlassen. Dann kam er zurück, nahm die Zellophantüte vom Schreibtisch und setzte sich damit auf die einzige Sitzgelegenheit, die der Raum außer dem Bürosessel bot: ein durchgesessenes Bettsofa, das vor einem großen Fernseher stand.

Neuenhausers Gesicht war weiß und schweißbedeckt. Allmen war sich nicht sicher, ob es das schon vorher gewesen war, denn das Licht beim Sofa war heller. Es dauerte eine ganze Weile, bis Neuenhauser wieder etwas sagte. »Ich kann Ihnen nicht helfen. Selbst wenn ich wollte.«

Allmen spürte, dass darauf eine Erklärung folgen würde. Er wartete.

Neuenhauser deutete hinter sich, ohne sich die Mühe zu machen, sich umzudrehen. »Sehen Sie die Lücke dort unter dem Tisch?«

Allmen nickte. In der Reihe der Server fehlte einer.

»Dort war der Server mit Sokolows Domain.«

»Wo ist er jetzt?«

»Vor ein paar Tagen kamen zwei Typen, Engländer. Die wollten das Gleiche wissen wie Sie. Und als ich es ihnen nicht sagte, wurden sie grob. Ich habe gesagt, die Daten seien alle gelöscht, aber sie wollten wissen, auf welchem Server sie waren. Den haben sie dann mitgenommen. Bestimmt wollen sie versuchen, die Daten wiederherzustellen, aber das wird ihnen nicht gelingen. Ich lösche meine Daten sicher.«

»Warum sind Sie nicht zur Polizei gegangen?«

Neuenhauser zögerte, bis er schließlich sagte: »Ich will keine Scherereien. Ich bin zwar nicht für die Inhalte der Websites verantwortlich, ich stelle nur die Infrastruktur zur Verfügung. Aber trotzdem. Keine Scherereien. Verstehen Sie?«

Allmen verstand.

»Schon am nächsten Tag kamen zwei Amerikaner und stellten die gleichen Fragen. Denen habe ich von den beiden anderen erzählt, da blieben sie nicht lange.« Neuenhauser knisterte wieder in seinem Zellophan voll Buntem.

»Wann haben Sie zum letzten Mal von Sokolow gehört?«, erkundigte sich Allmen.

»Am selben Tag, kurz nachdem die Amerikaner da waren, hat er mich angerufen. Er wollte wissen, ob ich die Daten gut gelöscht hätte. Ich habe ihm von den beiden Besuchen erzählt.«

»Was hat er gesagt?«

»Nichts. Aufgelegt.«

»Und wann war das, ungefähr?«

»Ungefähr weiß ich es nicht. Aber genau: am neunten Juli.«

Erst jetzt fiel Allmen auf, dass er durch den Mund atmete, um dem Schweißgeruch zu entgehen. »Danke. Und alles Gute.« Er wandte sich wieder dem Ausgang zu. Dann fiel ihm noch etwas ein:

»Haben Sie seine Nummer?«

»Ja.«

Allmen sah ihn an, bis er schließlich ein Handy aus der Hosentasche zwängte und ihm eine Handynummer diktierte.

Sobald Allmen im Fond des Cadillacs saß, wählte er die Nummer.

Sie war nicht mehr in Betrieb.

15

Sie saßen in der Bibliothek. Ein gleichmäßiger Sommerregen fiel auf das Glasdach. Durch einen offenen Fensterflügel war das Wasser zu hören, das aus einem Abflussrohr in den Kies plätscherte. Carlos hatte Allmens Bericht aufmerksam zugehört. Jetzt sagte er: »Sie sollten Señor Montgomery zu den Engländern und den Gringos befragen.«

Allmen nickte. Er nahm das Handy, das auf dem Teetisch lag, und wählte. Carlos sah ihm zu, wie er wartete und nach kurzer Zeit auf einen Beantworter sprach und um Rückruf bat. »Dringend, *please.*«

Er legte das Telefon zurück und sah Carlos an. »Wer sind sie nur?«

»Profis«, antwortete Carlos. »Glauben Sie, sie finden etwas auf dem Server?«

Allmen seufzte. »Sie sind uns immer einen Schritt voraus.«

»Nicht unbedingt. Wir kennen das Haus. Und wir kennen Maria Moreno.«

»Viel hat uns das nicht gebracht.«

»Aber es sind unsere besten Spuren. Da müssen wir ansetzen.«

Das Handy klingelte. Allmen meldete sich. Es war Montgomery. »Was ist so dringend?«, war seine erste Frage.

»Haben Sie noch andere Investigatoren beauftragt?«, wollte Allmen wissen.

»Nein. Weshalb fragen Sie?«

»Weil wir nicht die Einzigen sind, die Sokolow suchen.«

Montgomery schwieg einen Moment. Dann sagte er: »Ich hoffe, Sie sind die Einzigen, die ihn finden.« Und legte auf.

Allmen sah das Handy überrascht an und legte es wieder auf den Tisch.

»Qué dice?«, fragte Carlos. Was sagt er?

»No«, antwortete Allmen. »Er hat niemanden sonst beauftragt.«

Unablässig trommelte der Regen auf das gläserne Dach.

»Don John?«

»Hm?«

»Glauben Sie ihm?«

»Soll ich?«

Carlos dachte nach. »Ich weiß nicht. Mir wäre lieber, er würde lügen.«

Allmen nickte. »Wenn sie für ihn arbeiten, muss man sich weniger fürchten.«

»*Ojalá*«, antwortete Carlos. Hoffentlich.

»Und jetzt? Wie weiter?«

»Maria Moreno.«

16

Maria Moreno war einen halben Kopf größer als Carlos und dennoch eine kleine Frau. Sie trug einen kirschroten Lippenstift und betonte die Mandelform ihrer schwarzen Augen mit einem kräftigen Lidstrich. Wenn sie lachte, konnte man eine Reihe schneeweißer Zähne bewundern. Aber in diesen Genuss sollte Carlos erst später kommen.

Sie hatten sich im Kakadu verabredet, dem Restaurant des gleichnamigen Warenhauses. Um drei Uhr nachmittags war es leer bis auf ein paar Pensionierte, die dort bei Kaffee und Kuchen schwatzten, und einige Verkäuferinnen mit später Mittagspause.

Carlos hatte Maria gleich nach der Lagebesprechung mit Allmen angerufen und sich als Assistent von Herrn von Allmen vorgestellt. Es gehe darum, die Details einer eventuellen Anstellung zu besprechen, hatte er gesagt.

Sie war schon dort gewesen, als er – ebenfalls etwas zu früh – eintraf. Er hatte sie nicht gleich erkannt. Er wusste aus den Personalien, die Allmen aufgenommen hatte, dass Maria Moreno zweiunddreißig war, aber die einzige Latina dieses Alters im Restaurant Kakadu kam ihm zu hübsch vor für eine illegale kolumbianische Putzfrau, zumindest wie er sie sich vorstellte. Es brauchte über zehn Minuten und eine Reihe immer rascher aufeinanderfolgender Blickkontakte, bis Carlos zu ihrem Tisch hinüberging und sich verlegen erkundigte, ob sie zufällig Maria Moreno sei.

In dem Gespräch, das darauf folgte, fiel es Carlos schwer, den geschäftsmäßigen Ton eines persönlichen Assistenten beim Vorstellungsgespräch einer potentiellen Mitarbeiterin für seinen Chef zu finden. Er konnte sich nicht dagegen wehren, ihr gefallen zu wollen.

Das erschwerte vor allem das, was er die »Vertiefung der vorliegenden Informationen« nannte. Damit meinte er den Vorwand, mehr über Sokolows Verschwinden erfahren zu können.

Als er bemerkte: »Sehr ungewöhnlich, dass ein Arbeitgeber nach so kurzer Zeit einfach so verschwindet«, antwortete sie kampflustig:

»Zweifeln Sie daran?«

»Nein, selbstverständlich nicht. Es war eine reine Feststellung. Ungewöhnlich, das ist es doch, nicht wahr?«

»Es ist aber genau so geschehen. Am Morgen davor besprach er noch das Abendessen des nächsten Tages. Am nächsten Tag war er weg.«

Carlos schüttelte mitfühlend den Kopf.

»Kalbsleber. Kalbsleber hatte er bestellt. Bis zum übernächsten Tag habe ich sie aufbewahrt. Dann habe ich sie selbst gegessen.«

»Und er hat nie angerufen? Keine Zeile hinterlassen? Keine Bemerkung, wohin er gehen wollte?«

»Nada. Nada de nada.« Gar nichts.

»Vielleicht ist ihm etwas passiert? Vielleicht wurde er entführt?«

Jetzt erst kam der Moment, als Carlos zum ersten Mal ihre weißen Zähne bewundern durfte.

»Sie kommen doch auch aus einem Land mit vielen Entführungen. Haben Sie schon einmal von einem Entführungsopfer gehört, das einen Koffer mitnahm?«

Carlos lächelte mit.

Maria Moreno wurde wieder ernst. »Nein, nein. Der ist verreist. Bevor ich einkaufen ging, hat jemand von einem Reisebüro angerufen. Als ich zurückkam, war der Herr Sokolow weg.«

»Erinnern Sie sich an den Namen des Reisebüros?«

Maria Moreno winkte ärgerlich der Bedienung. »Und wenn ich ihn wüsste? Würden Sie dann versuchen herauszufinden, wohin er gereist ist, ihm nachreisen und ihn fragen, ob er mit mir zufrieden war? Oder was?«

»Nein, nein, das hat nichts mit der Anstellung zu tun. Ich habe mich einfach gewundert über dieses seltsame Verhalten. Verzeihen Sie.«

Die Bedienung trat an den Tisch.

»Der Herr will zahlen«, sagte Maria Moreno.

Als Carlos ihre beiden Kaffees bezahlt hatte, sagte sie: »Also, wie sieht es aus mit der Anstellung? Ich bin ganz offen: Sokolow hat mich wöchentlich bezahlt, bar. In der ersten Woche habe ich mich aus dem restlichen Haushaltsgeld bezahlt, aber als er bis zum folgenden Samstag noch immer nicht aufgetaucht war, habe ich meine Sachen gepackt und den Schlüssel bei der Hausverwaltung abgegeben. Ich brauche einen Job. Und zwar dringend.«

Carlos suchte nach einer Möglichkeit, wie er verhindern konnte, dass dies die letzte Begegnung mit ihr war.

»Ich habe Ihrem Chef gesagt, ich könne nur fest. Aber ich könnte inzwischen auch stundenweise.«

Und bevor Carlos antworten konnte, fügte sie hinzu: »Ich habe gesagt, dreißig. Aber ich kann auch für fünfundzwanzig.«

Carlos versprach, seinem Chef sehr positiv von diesem Gespräch zu berichten. »Die Stelle ist Ihnen so gut wie sicher. Vielleicht in einer Anfangsphase nur stundenweise. Aber so gut wie sicher.« Sie verabredeten sich für den übernächsten Tag, wieder im Kakadu.

Carlos hatte soeben eine Putzfrau engagiert. Ein Luxus, den weder Allmen noch er sich leisten konnte. Es sei denn, sie fänden den rosa Diamanten.

17

Wie in jeder Nacht fuhr ein Streifenwagen der Stadtpolizei fast im Schritttempo durch das Villenviertel am Berg. In der Spätbergstraße kam es der Polizistin auf dem Beifahrersitz vor, als hätte sie dort, wo der Lichtkegel des Scheinwerfers nicht weiterreichte, eine Gestalt bemerkt.

»Hast du das gesehen?«

»Was?« Dem Fahrer war nichts aufgefallen.

»Fahr langsamer, und halt an, wenn ich es dir sage.«

Sie fuhren fünfzig Meter weiter. Vor dem Eingang zu Nummer neunzehn befahl sie: »Stopp.«

Nichts zu sehen.

Sie ließ die Scheibe herunter und leuchtete mit der starken Stablampe das Gartentor ab. Nichts bewegte sich in dem feinen Nieselregen, außer den Schatten, die die Torpfeiler im Licht der Polizeilampe warfen.

Die Polizistin öffnete die Wagentür. Ihr Kollege stöhnte. »Was war es denn, was du gesehen hast?«

»Ich weiß nicht. Eine Gestalt, vielleicht.«

»Ein Fuchs. Oder ein Schatten von unseren Scheinwerfern.«

Die Beamtin stieg aus, ging zum Gartentor und leuchtete in den Garten hinein. Nichts.

Vor ihren Füßen lag etwas Helles. Sie richtete den Lichtstrahl darauf. Es war ein Flugblatt mit Sonderangeboten einer Weinhandlung. Sie bückte sich und hob es auf. Der Prospekt trug den Abdruck einer Profilsohle.

»Schau mal.« Sie hielt dem Kollegen das Indiz hin.

Der verdrehte die Augen. »Komm schon.«

Einen Moment blieb sie unentschlossen stehen. Dann ging sie zurück zum Briefkasten und warf den Prospekt hinein.

Carlos wartete, bis das Motorengeräusch vollständig verklungen war, dann kroch er aus der Hecke hervor. Sein Herz klopfte so laut, dass er befürchtet hatte, die Polizistin würde es hören. Er hatte während der ganzen Zeit, in der er sich in die Thujen gepresst und die Beamtin nur ein paar Zentimeter von ihm entfernt gestanden hatte, kaum geatmet und rang nun nach Luft.

Wenn er erwischt worden wäre, hätte man ihn auf den Polizeiposten mitgenommen und seine Personalien überprüft. Das wäre dann das Ende seines Aufenthalts in der Schweiz gewesen. Er hätte sich ohrfeigen können für seinen Leichtsinn.

Zwei-, dreimal, wenn sich ein Auto näherte, zwang er sich, in normalem Tempo zu gehen, dann fiel er wieder in den Laufschritt. Seine Diebesbeute, den Stapel Post aus dem Briefkasten, den Allmen beiläufig erwähnt hatte, schützte er unter seiner Windjacke vor dem Regen.

Im Gewächshaus brannte Licht. Don John war in der Bibliothek.

Carlos ging die Treppe hinauf und hängte seine nasse Windjacke an den Kleiderhaken. Jetzt erst merkte er, dass er zitterte.

Er betrat das rechte Mansardenzimmer, das ihm als Wohnzimmer diente. Es bot gerade genug Platz für einen Tisch und einen Stuhl, einen Polstersessel und eine Kommode, auf der ein paar Andenken aus seiner Heimat standen: zwei kleine Mayaköpfe, Imitate von Ausgrabungsfunden, ein geschnitzter Kerzenständer, ein paar bemalte Kürbisgefäße. An der Wand hingen ein mit bunten Vögeln besticktes Stück Stoff und eine hölzerne Maske.

Er legte den Briefkasteninhalt auf den Tisch und sah ihn durch: Quartierzeitungen, politische Werbung, Hauslieferdienst eines Fischgeschäfts, Eröffnung eines Fitnessstudios, Änderung des Müllabfuhrplans, Einführungstarife eines neuen Reinigungsinstituts, Suchanzeige nach einer entlaufenen Schildkröte, Reiseprospekte. Ein paar Briefumschläge waren dabei, aber sie trugen Anschriften wie »An alle Ferienfreunde« oder »Gourmets, aufgepasst!« oder »Herzlichen Glückwunsch!«.

Ein großer Umschlag trug das Signet eines Reisebüros. Jemand hatte von Hand daraufgeschrieben: »Leider niemand zu Hause. Erwarte Ihren Anruf.« Darunter stand eine unleserliche Unterschrift.

Von unten klang jetzt Klaviermusik herauf.

18

Allmen erschrak, als es so spät noch an die Tür klopfte. Seit dem Anschlag auf ihn hatte er sich in der gläsernen Bibliothek nie mehr richtig entspannt gefühlt. Er ließ Carlos schon früh die Vorhänge zuziehen und wechselte immer wieder den Sitzplatz.

Seit der Sache mit dem rosa Diamanten war zu dieser Angespanntheit noch eine andere Nervosität dazugekommen. Eine Art professioneller Alarmbereitschaft. Das Fahndersyndrom, wie er es nannte.

Er hatte heute Abend Mühe gehabt, sich auf seine Lektüre zu konzentrieren. Zuerst las er wieder einmal in Bruce Chatwins *In Patagonia*. Dann legte er das Buch beiseite und wandte sich dem schmalen Dossier zu, das Carlos aus Internetinformationen über rosa Diamanten zusammengestellt hatte. Er las über die Unregelmäßigkeiten in den Kohlenstoffmolekülen, die in seltenen Fällen einen Diamanten rosa färbten und damit zwanzigmal wertvoller machten als gewöhnliche Diamanten. Doch er fühlte sein sonst so ungeteiltes Interesse für alles Geschriebene gleich welchen Inhalts mit jedem Satz schwinden.

Er setzte sich an seinen Bechstein, dessen Tage

bei ihm ohne den Diamantenauftrag gezählt gewesen wären, und pfuschte ein wenig im *American Songbook* herum, als es klopfte und – bevor Allmen »herein« sagen konnte – Carlos eintrat.

Er kam wortlos auf Allmen zu und überreichte ihm seinen Fund. »Aus Sokolows Briefkasten«, erklärte Carlos feierlich.

Das oberste Blatt war ein Laufzettel mit dem Briefkopf eines Reisebüros. Von den vielen Optionen war »Wie tel. bespr.« angekreuzt. Als Beilage der Prospekt eines Fünfsternehotels in einem schneeweißen Ostseebad in der Mecklenburger Bucht. Es hieß »Le Grand Duc«, nach seinem Gründer, dem Großherzog Friedrich Franz I., und war das älteste Seebad Deutschlands.

An den Rand des Prospekts hatte jemand mit Kugelschreiber ein paar Telefonnotizen gekritzelt. »Ab 10. 7.« und »Spätbergstr. 19« und »Sokoloff«.

Carlos hatte ihm von seinem Treffen mit Maria Moreno berichtet, ohne zu erwähnen, dass er sie praktisch angestellt hatte. Allmen wusste von dem Telefongespräch mit dem Reisebüro und dem Koffer, den Sokolow mitgenommen hatte.

»Am zehnten Juli«, stellte er fest. »Ein Tag, nachdem er den Anruf bekam, dass die Engländer den Server mitgenommen hätten.«

Carlos nickte. »Vor mehr als einem Monat.«

»Vielleicht ist er noch dort. Und falls nicht, wissen die vielleicht etwas über seinen neuen Aufenthaltsort. Es bleibt mir wohl nichts anderes übrig, als vor Ort zu recherchieren.« Sein Seufzer geriet ihm nicht sehr überzeugend.

Carlos schwieg. Aber Allmen wusste, dass ihm der finanzielle Aspekt dieser Geschäftsreise Sorgen machte.

»Wir werden Montgomery um einen zweiten Vorschuss bitten müssen«, fügte er hinzu.

Als Carlos noch immer nichts sagte, stand Allmen auf und ging zum Telefon. »Falls er keine falschen Ausweise oder Kreditkarten besitzt, war er wohl gezwungen, sich unter seinem richtigen Namen einzutragen.« Er wählte die Nummer auf dem Prospekt.

Carlos hörte ihn sagen: *»Mister Sokolow, please.«*

Allmen hielt die Hand über die Sprechmuschel und nickte aufgeregt zu Carlos. Nach kurzer Wartezeit sagte er: *»I see, never mind. No, thank you, no message. Goodbye.«*

Triumphierend sah er Carlos an. »Nicht auf seinem Zimmer.«

19

Allmen hatte schon viel Gutes über das Haus gehört. Der nachtblaue Bentley Mulsanne, der ihn vom Flughafen Rostock abholte, schien diesen guten Ruf zu bestätigen.

Das Polster war aus schnurfarbenem Leder, das Furnier aus dunklem Vavona, der Fahrer ein schweigsamer Uniformierter, der das Fahrzeug mit der Sicherheit und Rücksicht eines alten Herrschaftschauffeurs steuerte.

Allmen genoss die Fahrt von Rostock nach Heiligendamm. Er lehnte sich zurück und betrachtete die vorbeiziehenden Alleen, die ab und zu von Gehöften mit schweren Reetdächern unterbrochen wurden. In diesem Moment war der Beruf des Ermittlers genau nach seinem Geschmack.

Im Grand Duc wurde er wie ein alter Stammgast begrüßt. Der Direktor war schon bei der Einfahrt des Bentleys in das Hotelareal informiert worden und erwartete den Herrn von Allmen in der Lobby. Er gab seiner Überzeugung Ausdruck, dass das Wetter sich schon am nächsten Tag bessern werde, und begleitete den neuen Gast zum Empfang, wo er ihn der Obhut einer Rezeptionistin anvertraute.

Diese hatte den Meldezettel so weit vorbereitet, dass Allmen nur noch zu unterschreiben brauchte.

Einzig, als sie ihn um einen Abdruck seiner Kreditkarte bat, entstand eine kleine Unebenheit im reibungslosen Ablauf der Empfangsformalitäten.

»Kreditkarte?«, wunderte sich Allmen, »eine Kreditkarte habe ich nie besessen und werde ich auch nie besitzen.« Er zeigte sein bezauberndstes Lächeln. »Aber ich nehme doch an, Sie nehmen auch richtiges Geld?«

Die Rezeptionistin erwiderte sein Lächeln, entschuldigte sich aber doch für einen Augenblick und verschwand im Büro hinter dem Empfangstresen. Kurz darauf kam sie zurück, erneut lächelnd. Die Kreditkarte erwähnte sie mit keinem Wort mehr. »Wenn ich Ihnen jetzt bitte Ihre Suite zeigen dürfte?«

Auf dem Weg zum Lift bestätigte Allmen, dass dies sein erster Besuch im Grand Duc sei. Im Lift versicherte er ihr, dass er gut gereist sei und auch nicht zu müde von den Strapazen. Im Korridor gab er sich beruhigt über die Aussicht, dass sich das Wetter bessern werde. Und im Zimmer zeigte er sich zufrieden über selbiges.

Daran gab es auch tatsächlich nichts auszusetzen. Es besaß ein geräumiges Schlafzimmer mit anschließendem Bad, eine separate Toilette, einen begehbaren Schrank und einen großen Salon mit Blick auf die Ostsee und den mit Strandkörben besetzten

Strand. Allmen hatte sich für die höchste Zimmerkategorie entschieden. Er sah nicht ein, weshalb er auf Firmenkosten bescheidener logieren sollte als auf eigene.

Carlos hatte noch am Vortag die Rechnung über den zweiten Vorschuss an Montgomery gemailt, Fälligkeit bei Erhalt. Begründung: Aufwand für grenzüberschreitende Ausweitung der Recherchen. Wohin, hatten sie nicht präzisiert. Falls doch eine Verbindung zwischen Montgomery und den anderen Ermittlern bestand, wollten sie ihren möglichen Vorsprung nicht aufs Spiel setzen.

Allmen rechnete jeden Moment mit dem Zahlungseingang auf dem Firmenkonto. Er hatte also keinen Grund, sich finanzielle Sorgen zu machen, und nahm sich vor, das Nützliche mit dem Angenehmen zu verbinden.

20

Noch nie, auf keiner seiner zahlreichen Reisen, hatte er das Meer so erlebt wie hier. Dieser mächtige Gleichmut, diese verhaltene Verheißung, diese geheimnisvolle Symbiose zwischen Nord und Süd.

Obwohl der Himmel bedeckt war, war das Klima mild, sanft, schmeichlerisch, feucht, fast tropisch. Nur das Licht war anders. Ernster, feierlicher.

Ein langer Bootssteg ragte weit ins Wasser hinaus, wie eine Brücke zu einem verschwundenen Ufer. Darauf waren ein paar Menschen zu sehen. Sie bewegten sich in beide Richtungen. Langsam, wie Schiffspassagiere, die den Abschied oder die Ankunft hinauszögern wollten.

Noch bevor Allmen seine Koffer auspackte und die Schränke einräumte, zog er die Badehose an, schlüpfte in den Bademantel und ging zum Strand. Nur wenige Körbe waren besetzt.

Er warf den weißen Frotteemantel mit dem Hotelemblem in den feinen Sand und ging zum Wasser.

Es war nicht so kalt, wie es aussah, und er konnte es über einen Sandteppich betreten, der so sanft abfiel, dass ihm genügend Zeit blieb, seinen Körper an die Abkühlung zu gewöhnen.

Erst als er den Kontakt zum Boden verlor, begann er zu schwimmen. Und erst als er den äußersten Punkt des Landestegs hinter sich gelassen hatte, wendete er.

Er sah den Strand, die Körbe, die Schirme und die schneeweißen Hotelpaläste.

Irgendwo dort war der Mann, den er suchte.

Zweiter Teil

1

Am nächsten Tag war das Wetter noch schlechter. Allmen hatte nach alter Gewohnheit um sieben Uhr einen Tee ans Bett bestellt und vom Zimmerkellner den Ratschlag bekommen, noch lange liegen zu bleiben.

Zwei Stunden später wurde er von Regenböen geweckt, die gegen die Fensterfront prasselten.

Die Schwalben, die sonst unentwegt für ihre Brut Versorgungsflüge flogen, warteten jetzt aufgeplustert vor den Nestern der nahen Schwalbentürme auf das Nachlassen des Regens.

Am Abend zuvor hatte sich Allmen früh sein Abendessen aufs Zimmer bestellt. Danach war er durch die Hotelanlage geschlendert und hatte dabei unauffällig die verschiedenen Restaurants, die Lobby, den Rauchsalon, die Bibliothek und die Bar abgesucht. Er war niemandem begegnet, der Sokolow ähnlich sah. War er inzwischen abgereist?

Nach seinem Rundgang telefonierte er mit Carlos und bat ihn, im Hotel anzurufen und Sokolow zu verlangen. Kurz darauf rief Carlos zurück mit der Auskunft, Herr Sokolow sei außer Haus und werde erst morgen wieder erwartet.

Allmen war beruhigt zu Bett gegangen und hatte wunderbar geschlafen. Nach dem Early Morning Tea hatte er sich das Frühstück aufs Zimmer bestellt: Milchkaffee, Croissants, Butter und Honig, Rührei mit Schinken und etwas geräucherten Aal. Eine nahrhafte Mahlzeit. Er hatte vor, es später den Unentwegten gleichzutun, die er unten am Strand trotz der Witterung in die Brandung springen sah.

Um zehn Uhr rief er Carlos an. Allmen wusste, dass er heute Vormittagsdienst hatte und um diese Zeit sein Handy einschaltete. Denn um zehn Uhr machte er seine Pause. Wie jeder Mensch spanischer Sprache, wo immer auf der Welt.

Carlos war *»sin novedad, gracias a Dios«*. Eine Redensart aus seiner Heimat Guatemala, wo Neuigkeiten in der Regel nichts Gutes bedeuten. Ohne Neuigkeiten, Gott sei Dank.

Von Montgomery hatte Carlos nichts gehört, was Allmen hoffen ließ, dass dieser den zweiten Vorschuss geschluckt hatte. Geld war allerdings noch keines auf dem Konto eingetroffen. Carlos würde in der Mittagspause wieder den Kontostand von Allmen International prüfen, versicherte er ihm.

Kurz nach dem Anruf ließ der Regen nach. Allmen packte die Strandtasche, eine geflochtene, mit Kunststoff gefütterte Einkaufstasche mit dem Hotelemblem. Er zog eine Badehose an und darüber ein paar verwaschene Chinos. In einem Sweatshirt mit dem Charterhouse-Emblem und seiner geliebten alten Barbour-Windjacke, die Carlos ihm vor der Abreise frisch eingewachst hatte, verließ er seine Suite.

Auf dem Gang begegnete er der Gouvernante. Es war eine großgewachsene knochige Frau Mitte vierzig. »Schmierig, heute«, sagte sie.

Allmen verstand nicht.

»Es regnet aus allen vier Himmelsrichtungen«, erklärte sie.

»Ach, und dazu sagt man schmierig?«

»Ich sag dem so.«

Gouvernanten waren nach Allmens Hotelerfahrung fast so wichtig wie Concierges und Maîtres d'Hôtel. Wer sich mit ihnen gut stellte, der hatte stets ein aufgeräumtes Zimmer, dem wurden kleine Sonderwünsche erfüllt, dessen Wäsche kam schnell aus der Wäscherei, dessen Anzüge waren gebürstet und aufgebügelt, dessen Kleenex aufgefüllt und dessen Bademantel täglich frisch. Allmen erkundigte sich nach ihrem Namen, gab ihr hundert Euro Trinkgeld und wünschte ihr einen nicht allzu schmierigen Tag.

Frau Schmidt-Gerold hieß sie. Er merkte sich den Namen.

Das Gittertor zum Strand war verschlossen. Erst als der unterbeschäftigte Strandwärter herbeieilte, begriff Allmen, dass man es mit der Zimmerkarte öffnete.

Er ließ sich einen Strandkorb herrichten, machte es sich bequem, starrte auf den Strand und schaute den Möwen zu.

Lange verharrten sie reglos. Urplötzlich sammelten sie sich kreischend, flogen undurchschaubare Figuren und ließen sich nieder, um wieder reglos zu verharren.

Oder sie trippelten am Rande der Brandung und warteten auf essbares Strandgut im zurückfließenden Wasser.

In der Ferne waren drei Containerschiffe zu erkennen. Etwas näher ein Trawler. Vom Strand stieß der kleine Katamaran der hoteleigenen Segelschule ab, an Bord ein paar Kinder in riesigen, leuchtfarbenen Schwimmwesten.

Aus der grauen Wolkenschicht vor dem hellgrauen Wolkenhintergrund hing ein dünner Wolkensack fast bis zum Meer herunter.

Allmen nahm ein Buch aus der Strandtasche und begann zu lesen. *The House on the Strand* von Daphne du Maurier.

Eine Stunde später wurde er abrupt von etwas aus dieser wunderbaren Zeitreise in die Gegenwart zurückgeholt. Er brauchte einen Moment, bis ihm klar wurde, was es war.

Eine russische Männerstimme.

2

Er hatte nicht bemerkt, dass sich das Wetter gebessert hatte. Es hatte aufgehört zu regnen, der Wind hatte sich gelegt, und manchmal ließ die Wolkendecke sogar ein paar Sonnenstrahlen durch.

Allmen stand von seinem Strandkorb auf und sah sich um. Es waren jetzt einige Hotelgäste an den Strand gekommen. Viele hatten ihre Körbe so gedreht, dass die raren Sonnenstrahlen nicht wie bei Allmen nur die Rückwand trafen. Kinder spielten im Sand, und ein paar Tische bei der Strandbar waren besetzt.

Die russische Stimme war genau hinter ihm. Sie klang nicht nach einem knapp Vierzigjährigen, sie musste einem alten Mann gehören. Sie erzählte gemächlich von einer anderen Zeit.

Allmen hörte zu. Militärische Ränge kamen vor und Ausdrücke wie Kantonnement, Feldküche, Offiziersmesse, Wachkommando, Inspektion. Der alte Mann erzählte vom Militär. Und bald wurde Allmen klar, dass er von der Zeit sprach, als das Grand Duc von der Roten Armee requiriert war und er als junger Offizier die, wie er es nannte, schönste Zeit des Krieges verbracht hatte.

Die Stimme des anderen Mannes klang jünger. Aber sie beschränkte sich auf einsilbige Kommentare und Ausdrücke der Bewunderung, Überraschung und des Erstaunens.

Allmen ging zwischen den Körben vorbei zur Strandbar. So konnte er einen Blick auf den Erzähler werfen. Es war ein sehr bleicher Mann, dessen Körperfülle beide Plätze des Strandkorbs in Anspruch nahm. Er hatte den Kopf zurückgelehnt und sah mit halbgeschlossenen Augen auf den Mann hinunter, der vor ihm im Sand kauerte.

Der Zuhörer hatte Allmen den Rücken zugewandt, er konnte sein Gesicht nicht sehen. Aber sein Haar war schütter. Und dunkelblond.

An der Strandbar bestellte Allmen ein Glas Champagner. Gegen das Herzklopfen.

Der Strandkorb Nummer zweiunddreißig war nur von hinten zu sehen. Allmen behielt ihn im Auge. Auf dem Rückweg würde er von der anderen Seite daran vorbeigehen und so einen Blick auf den Zuhörer werfen können.

Nach dem zweiten Glas hatte das Herzklopfen aufgehört, und die Mischung aus Euphorie und Sorglosigkeit, für die er dieses Getränk so liebte, hatte sich eingestellt.

Er unterschrieb die Rechnung und gab dem Barmann ein Trinkgeld, das diesem helfen würde, sich Allmens Namen und Zimmernummer zu merken. Dann schlenderte er zu seinem Korb zurück.

Der alte Mann war noch immer am Erzählen. Aber der Zuhörer kauerte nicht mehr, er stand. Es war ein kleiner Mann, er kam nicht annähernd auf die ein Meter neunzig von Sokolow. Sein Gesicht war rundlich, und seine Augen lagen nicht tief.

Allmen setzte sich wieder in seinen Korb und widmete sich seiner Lektüre.

Nach einer Weile machte sich der Strandwärter am Nachbarkorb zu schaffen. Schloss ihn auf, entfernte das Holzgitter, zog die Fußstützen heraus, klopfte den Sand ab.

»Danke«, sagte der Gast, der ihn begleitete. »Bitte bringen Sie mir einen Milchkaffee.«

Sein Akzent ließ Allmen aufblicken.

Der Mann war groß, hatte ein schmales Gesicht, schütteres, dunkelblondes, nach hinten gekämmtes Haar und tiefliegende Augen.

3

Bereits am zwölften Tag nach der Auftragserteilung hatte Allmen International Inquiries den Gesuchten also ausfindig gemacht.

Eine Erfolgsmeldung, mit der Allmen gerne sofort bei seinem Auftraggeber aufgetrumpft hätte. Aber er musste sich noch ein wenig gedulden. Natürlich wollte er sich erst mit Carlos absprechen.

Allmen zog Hose und Sweatshirt aus und ging ins Wasser. Er schwamm eine Weile, bis er das Gefühl hatte, er könne nun zu seinem Korb zurückgehen und dabei Sokolow beobachten, ohne den Eindruck zu erwecken, er sei einzig deswegen ins Wasser gegangen.

Der Russe saß mit angezogenen Beinen quer in seinem Strandkorb. Er hatte einen kleinen Laptop auf den Knien und tippte. Als Allmen an ihm vorbeiging, sah er kurz auf und konzentrierte sich sofort wieder auf seinen Bildschirm.

Allmen rieb sich die Haare trocken und schielte dabei unter dem Frottiertuch hervor. Sokolow war nicht zum Baden gekleidet. Seiner Haut sah man nicht an, dass er schon über einen Monat in einem Seebad verbracht hatte. Er sah harmlos aus. Harmlos und ein wenig einsam.

Noch eine Stunde, bis Allmen Carlos anrufen

konnte. Er verbrachte sie lesend, keine zwei Meter neben dem Mann, der ihnen – wenn alles gut lief – zu eins Komma acht Millionen verhelfen würde.

Zwanzig Minuten zu früh packte Allmen seine Strandtasche. Im Vorbeigehen nickte er seinem neuen Korbnachbarn zu. Dieser hatte den Sonnenstore so tief heruntergezogen, wie es nur ging, und blickte nicht von seinem Laptop auf.

»Jetzt, wo es endlich schön wird, gehen Sie?«, wunderte sich der Strandwärter. Allmen gab ihm ein Trinkgeld und bat ihn, den Strandkorb Nummer siebzehn für die ganze Zeit seines Aufenthalts für ihn zu reservieren.

Punkt zehn nach zwölf rief er zu Hause an.

»Allmen International«, meldete sich Carlos mit seinem spanischen Akzent.

»Ich habe ihn, Carlos«, meldete Allmen.

»Felicitaciones!«

Allmen berichtete ihm kurz, wie er ihn angetroffen hatte, von der zufälligen Strandkorbnachbarschaft und von dem Eindruck, den Sokolow auf ihn machte.

»›Wenn Sie ihn gefunden haben‹, hat Montgomery gesagt, ›beschatten Sie ihn und informieren uns. Dann besprechen wir das weitere Vorgehen.‹«

Sie schwiegen. Beide dachten dasselbe. Es war Allmen, der es aussprach:

»Wir trauen ihm nicht, nicht wahr, Carlos?«

»*No,* Don John.«

»Ist das Geld überwiesen?«

»Leider nicht, Don John.«

»Sehen Sie.«

»*Una sugerencia, nada más.*«

»Ja?«

»Wir informieren ihn, dass er gefunden ist. Aber wir sagen nicht, wo.«

Allmen dachte darüber nach. Die Idee gefiel ihm. So konnten sie erfahren, wie Montgomery weiter vorgehen wollte, ohne zu riskieren, dass er ihnen die Beute wegschnappte. »So machen wir's.«

»Aber... Don John?«

»Ja?«

»Sie sollten Ihr Handy ausschalten und nicht mehr benutzen. Handys kann man orten.«

»Dann ist es besser, *Sie* informieren Montgomery, Carlos.«

Allmen beendete das Gespräch und schaltete das Handy aus. Er legte sich aufs Bett, verschränkte die Arme hinter dem Kopf und dachte darüber nach, wie er als Einmann-Team Sokolow überwachen sollte.

Das vielstimmige Tschilpen der Schwalben und das gelegentliche Gelächter der Möwen wiegten ihn in den Schlaf.

Als er eine Viertelstunde später erfrischt erwachte, hatte er die Idee.

Er duschte und zog sich zum Mittagessen um. Danach ließ er die Gouvernante, Frau Schmidt-Gerold, in sein Zimmer kommen. Unter dem Vorwand, dass er ein weiteres Kissen brauche, für die Lektüre auf der Récamière. Er unterstrich das Anliegen mit einem Fünfzigeuroschein, den die Frau beinahe nicht angenommen hätte.

Sie war schon dabei, das Zimmer zu verlassen, als er zu seinem eigentlichen Anliegen kam: »Ach, Frau Schmidt-Gerold, darf ich Sie um einen kleinen Gefallen bitten?«

»Gerne, Herr von Allmen.«

»Könnten Sie das in Herrn Sokolows Zimmer legen?« Er hielt ihr einen unadressierten, zugeklebten Briefumschlag mit dem Schriftzug des Hotels entgegen. »Sie wissen schon, Herr Sokolow von Zimmer …«

»Zweihundertvierzehn.«

Allmen zog die Hand zurück. »Oder, warten Sie, nein, ich sehe ihn wohl gleich beim Mittagessen.«

Frau Schmidt-Gerold versicherte ihm, dass sie ihm den Gefallen gerne mache, aber Allmen meinte, er habe es sich anders überlegt.

Zimmer zweihundertvierzehn musste sich auf

derselben Etage befinden wie seines, und tatsächlich fand er es auf dem Fluchtplan, der im begehbaren Schrank hing. Es war eine Suite wie seine eigene, mit dem gleichen Grundriss. Der einzige Unterschied: Sie besaß einen kleinen Erker.

Auf dem Weg zum Mittagessen ging er beim Empfang vorbei. Die Rezeptionistin, die ihn bei seiner Ankunft empfangen hatte, hatte Dienst.

»Guten Tag, Herr von Allmen, ich hoffe, Sie fühlen sich wohl bei uns.«

»Alles perfekt, danke«, bestätigte Allmen, »beinahe perfekt.«

»Nur beinahe?«, erkundigte sie sich besorgt.

»Nun ja, eine Kleinigkeit. Ich habe gesehen, die Zweihundertvierzehn besitzt einen kleinen Erker. Können Sie nachsehen, ob sie frei ist?«

Die Rezeptionistin ging an den Computer und kam voller Bedauern mit der Nachricht zurück, dass das Zimmer belegt sei.

»Können Sie feststellen, bis wann?«

Sie ging wieder zum Bildschirm und musste ihm leider mitteilen, dass der Gast kein Abreisedatum angegeben habe. »Kann ich sonst etwas für Sie tun?«

»Ja, bitte: Geben Sie mir Bescheid, sobald Sie ein Abreisedatum wissen. Seien Sie so lieb.«

Sie versprach ihm, eine Notiz in das File der

Zwohundertvierzehn zu machen. Wer immer von den Kollegen ein Abreisedatum erfahre, würde ihn sofort unterrichten.

Allmen schob einen Hunderter über den Tresen und bedankte sich herzlich.

Das Wetter war schön genug für ein Mittagessen auf der Terrasse. Sie war voller wohlhabender Leute in Freizeitkleidung: Man trug viel Grünblau, Streifen, Polokragen, Embleme, Badges und handgroße Polospieler auf der Brust.

Sokolow war auch da. Er saß im Schatten des Vordaches, wo sich kaum Gäste aufhielten, hatte nur Augen für seinen Laptop und schob sich ab und zu eine Gabelvoll in den Mund.

Allmen blieb, bis Sokolow die Rechnung signierte und sich erhob. Er folgte ihm und sah, wie er im Aufzug verschwand. Das Display unter dem Liftknopf zeigte die zweite Etage an und erlosch. Allmen holte den Lift ins Parterre herunter und fuhr ebenfalls in die zweite Etage. Als er am Zimmer zweihundertvierzehn vorbeiging, hing an der Türklinke das Schild »Bitte nicht stören«.

Allmen ging in sein Zimmer, setzte sich in den Sessel am Fenster, las und schlenderte jede halbe Stunde durch den Gang.

Das Schild hing den restlichen Nachmittag über an Sokolows Tür.

4

Im Speisesaal sah er ihn wieder.

Sokolow saß an einem Ecktisch für vier Personen, von wo aus er den Saal überblicken konnte.

Allmen hatte man genau den gleichen Tisch zugewiesen, nur an der diagonal gegenüberliegenden Saalecke.

Sokolow war der einzige Mann im Saal, der keine Krawatte trug. Er hätte keinen so guten Tisch gebraucht, denn er starrte während des ganzen Essens in seinen kleinen Laptop.

Dabei war das Essen hervorragend. Allmen hatte das Degustationsmenü bestellt, etwas, was er gerne tat zu Beginn eines längeren Hotelaufenthaltes. Es war nicht nur ein Vertrauensbeweis an den Chef de Cuisine, es verschaffte ihm auch einen guten Überblick über dessen Stärken und Schwächen.

Schwächen konnte er kaum entdecken. Beim Fisch nicht – gebackene Seezunge mit sautierten und im Olivenöl angeschwitzten und mit Weißwein abgelöschten Artischocken –, beim Geflügel nicht – im Schmortopf gegartes Maishuhn mit karamellisiertem Speck und Gemüse angerichtet –, beim Fleisch nicht – panierte Kalbsnuss mit Salbei-Anchovis-Beignets.

Auch die Weinkarte konnte sich sehen lassen.

Sogar einen seiner Lieblingsweine aus dem Priorat fand er: den Clos Martinet 1993. Ein wunderbarer Tropfen zum – für diese Rarität sehr anständigen – Preis von 260 Euro.

Also keine Schwächen. Dagegen eine bemerkenswerte Stärke bei den Desserts. Auf dem Büfett präsentierten sich Nougatschokoladen-Kreationen, gebratene Ananas in Knusperschale, Zitronentartelettes, Vanillewindbeutel, verschiedene Millefeuilles, Crêpes-Täschchen, Strudeltorten, Soufflés, Kuchen, Cremes und eine atemberaubende Auswahl von Sorbets.

Allmen hätte das Glücksgefühl, das ihn bei gutem Essen und Trinken in angenehmer Ambiance erfüllte, mehr genossen, wenn er nicht immer wieder auf sein Observationsobjekt hätte achten müssen.

Dabei verlangte Sokolow gar nicht seine volle Aufmerksamkeit. Er war wie immer auf seinen Laptop konzentriert und schaufelte die Kunstwerke aus der Küche achtlos in sich hinein. Ein IT-Mensch eben.

Aber einmal, als Allmen einen seiner regelmäßigen Kontrollblicke zu ihm hinüberwarf, hatte er sich vom Computer abgewandt und sah zu ihm her. Ihre Blicke begegneten sich, und Sokolow nickte ihm zu.

Allmen nickte zurück und konzentrierte sich wieder auf seinen Teller.

5

Beim Frühstück am nächsten Morgen sah er Sokolow nicht. Allmen machte einen Rundgang durch die Hotelanlage, aber nirgends war er zu sehen. Er vermutete ihn am Strand, aber noch ehe er diesen erreicht hatte, vertrieb ein Platzregen die Badegäste. Er flüchtete auf sein Zimmer, stellte sich ans Fenster und sah auf das verhangene Meer und den menschenleeren Strand hinunter.

Ein einsamer Strandwärter verriegelte die Körbe und sammelte die Badetücher ein. Vor einem der Strandkörbe blieb er stehen. Es sah aus, als würde er mit jemandem sprechen. Dann ging er weiter.

Vor dem rauchgrauen Himmel hob sich in etwas hellerer Färbung eine Wolkenwand ab, aus der, weit weg, Regenschleppen ins Meer hingen.

Plötzlich löste sich von den militärisch ausgerichteten Strandkörben eine hohe, weiße, mönchische Gestalt. Es war ein Mann im Bademantel des Hotels. Er hatte die Kapuze tief ins Gesicht gezogen und ging auf das Spa zu. Gemächlich und ohne auf den strömenden Regen zu achten.

Allmen zog die Badehose an, hüllte sich in den Frotteemantel und ging die Treppe hinunter und das kurze Stück durch den Regen zum Spa.

Auch hier öffnete ihm die Zimmerkarte die Tür. Er fand sich in einem warmen Empfangsbereich wieder, wo es nach ätherischen Ölen duftete. Das Licht war gedämpft. Es stammte nur von den beleuchteten Eingängen zu den Saunen, Garderoben, Dampfbädern und Massageräumen. Einer der Durchgänge führte zum Poolbereich.

Die feuchte Wärme des geheizten Schwimmbeckens, ein diskreter Chlorgeruch und Kinderlärm empfingen Allmen. Es herrschte Hochbetrieb. Offenbar hatten sich die meisten vom Regen vertriebenen Strandgäste hier eingefunden. Allmen fand eine letzte freie Liege und machte es sich bequem. Er las weiter in Daphne du Mauriers Zeitreiseabenteuer, unterbrach die Lektüre aber immer wieder, um unauffällig die Gäste zu beobachten.

Viele Familien in drei Generationen waren da – Paare mit ihren Kindern und ihren Eltern. Väter, aus deren unnatürlicher Art, mit den Kindern herumzutollen, er schloss, dass sie sonst wenig Zeit mit ihnen verbrachten. Und einige, die reich genug waren, um nicht gut aussehen zu müssen – etwas übergewichtig, etwas schlaff, etwas untrainiert, aber zufrieden mit sich und der Welt.

Als Allmen wieder einmal von seinem Buch aufsah, entdeckte er Sokolow. Er stand beim Eingang, zog seinen nassen Bademantel aus und warf ihn in einen Korb für benutzte Frottiertücher. Dann ging er zur Dusche.

Er war ein sehr weißer, sehr hagerer Mann. Vom Bund seiner langen weiten Bermudas wuchs ein gerader Streifen dunkler Haare zum Brustbein und teilte sich dort wie der höchste Punkt einer Fontäne in eine seltsam symmetrische Brustbehaarung.

Lange blieb Sokolow unter dem warmen Strahl, den Kopf in den Nacken gelegt, die Augen geschlossen wie jemand, der sich die Mühsal des Tages vom Leib spülen will.

Danach ging er zum Pool und ließ sich ins Wasser gleiten. Allmen bemerkte erst, wie ungeniert er ihn beobachtete, als sich ihre Blicke trafen. Sokolow nickte ihm zu. Diesmal lächelte er ein wenig. Allmen lächelte zurück.

Sokolow begann zu schwimmen. Allmen ging in das warme Jacuzzi, das durch eine schmale Mauer vom Schwimmbecken getrennt war. Ein paar Kinder mit Schwimmflügelchen plantschten darin, unter den wachsamen Blicken ihrer Eltern. Allmen saß bis zum Hals im aufgewühlten Wasser und linste über den Rand des Jacuzzi zum Pool hinunter, wo Sokolow systematisch seine Bahnen schwamm.

Plötzlich sah er ihn nicht mehr. Allmen stand auf und watete zum Beckenrand. Dort, direkt unter ihm, stand Sokolow und unterhielt sich mit einem Mann. Allmen zog sich sofort an seinen ursprünglichen Platz zurück. Es dauerte eine Weile, bis Sokolow wieder in sein Blickfeld kam und weiterschwamm. Auf der Treppe, die aus dem Pool hinausführte, sah er einen Mann. Es war der, der am ersten Strandtag so aufmerksam den Kriegsgeschichten des dicken Russen gelauscht hatte. Eine zufällige Begegnung zweier Landsleute? Oder die Kontaktaufnahme zweier Komplizen?

6

Sie war sehr rothaarig, mit einem Schimmer von Gold. Die weiße Haut besaß einen fast bläulichen Schimmer. Ihr luftiges, tief ausgeschnittenes Kleid und ihr leichter Schal waren von verschiedenem Grün. Die Zehennägel waren in einem Rot lackiert, das sich mit dem ihrer Haare biss. Sie sah aus, als müsste sie sich und alles an ihr ständig daran hindern, sich in alle Winde zu zerstreuen. Sie war jung, aber man ahnte schon die Spuren, die das

Alter hinterlassen würde. Wenn sie in der Sonne lag, deckte sie sich vollständig mit dem Frottiertuch zu, arbeitete konzentriert in einem Sudoku-Buch und bewegte dazu die Lippen. Sie trug viel Gold an Handgelenken und Fingern. Auch der Bügel ihrer Sonnenbrille war goldverziert.

Allmen beobachtete sie schon seit längerer Zeit von seinem Strandkorb aus. Noch nie hatte sie erkennen lassen, dass sie sich seiner Blicke bewusst war. Sie hätte sich ihnen leicht entziehen können, wenn sie sich bei ihrem Korb aufgehalten hätte, statt ihn nur als Basislager zu benutzen.

Ihr Begleiter war um vieles älter und hielt sich meist im Strandkorb auf. Allmen sah ihn kurz, als er auf dem Weg zur Bar vorbeischlenderte. Der Mann telefonierte und machte sich Notizen in eine dicke Agenda. Er war untersetzt, schnurrbärtig und vollständig bekleidet, wie seine Begleiterin. Sein einziges Zugeständnis ans Strandleben war die Fußbekleidung. Seine plumpen, nackten weißen Füße steckten in Sandalen.

Allmen nickte ihm zu, weil er gedacht hatte, der Mann blicke in seine Richtung. Aber er sah sich nach der Frau um. »Vanessa!«

Vanessa? Allmen ließ den Namen auf sich wirken und fand, er stehe ihr gut.

Er ging weiter zur Bar und bestellte seinen leichten Imbiss – Erdbeeren mit Sahne und ein Glas Champagner. Von hier aus konnte er Sokolows Strandkorb bequem im Auge behalten.

Außer der Kontaktaufnahme mit dem anderen Russen hatte er nichts Außerordentliches mehr registriert. Sokolow nahm sein Abendessen im Speisesaal ein, trank Bier dazu und wandte seinen Blick nur von seinem Laptop, wenn es nicht zu vermeiden war. Er teilte seine Zeit auf zwischen Strand, Pool und Zimmer.

Es fiel Allmen leicht, seinen Rhythmus anzupassen. Er kam viel zum Lesen, genoss die hervorragende Küche und die immer wieder überraschende Weinkarte und musste nicht einmal auf seine Siesta verzichten, auch wenn sie etwas unruhig und verkürzt geriet. Sokolow war kein anstrengendes Observationsobjekt. Und wenn er ihn mal kurz aus den Augen verlor, konnte er sich sicher auf die Zuverlässigkeit des Empfangs verlassen, der ihn wohl sofort über eine bevorstehende Abreise des Gastes in Suite zweihundertvierzehn informieren würde.

Mit Carlos telefonierte er jetzt über den Apparat in seinem Zimmer. Die Überweisung war bei ihrem letzten Gespräch noch immer nicht eingetroffen. Sie sei unterwegs, habe Montgomery gesagt. Ein Satz, den Allmen nicht gern hörte. Er benutzte ihn selbst zu oft.

Carlos hatte auch berichtet, dass Montgomery die Nachricht, dass Sokolow gefunden sei, mit großer Selbstverständlichkeit zur Kenntnis genommen habe. Dass Carlos nicht sagen wollte, wo der Gesuchte sich aufhalte, habe er akzeptiert und ihn angewiesen, Sokolow weiter zu beschatten. Er werde ihn über die nächsten Schritte informieren.

»Die nächsten Schritte« waren ein Thema, das auch Allmen beschäftigte. Derzeit hatte er noch nicht die leiseste Idee.

Doch nach drei Tagen Stagnation kamen die Dinge von selbst wieder in Gang.

7

Ein frischer Südostwind war aufgekommen und hatte die Wolken vertrieben, die sich den ganzen Vormittag unheilvoll über den weißen Hotelpalästen gewälzt hatten. Das Personal war vom Wetterwechsel überrascht worden und noch dabei, die Strandbar hastig auf Schönwetterbetrieb umzurüsten, als schon die ersten Gäste eintrafen.

Das Meer, das eben noch träge vor sich hin geplätschert hatte, sandte jetzt Wellen an den Strand. Keine Brecher, aber groß genug, um etwas Bewegung in die Möwen zu bringen, die reglos in Reih und Glied auf den Buhnen nach Beute Ausschau gehalten hatten.

Vanessa lag bis zum Kinn zugedeckt ein paar Schritte von ihm entfernt auf einem Badetuch und arbeitete an ihrem Sudoku. Allmen sah ihr gedankenverloren zu.

Plötzlich ließ sie das Buch sinken und schaute ihn an. Zu spät für Allmen, den Blick abzuwenden und zu tun, als hätte er sie nicht beobachtet. Es blieb ihm nichts übrig als ein entschuldigendes Lächeln.

Vanessa erwiderte es strahlend.

Er war noch dabei zu überlegen, wie er darauf reagieren sollte, denn das war kein Lächeln gewesen, auf das man nur mit einem weiteren Lächeln reagierte, als ein Schatten auf ihn fiel. Es war der von Sokolow. Da stand er, in einer schlechtsitzenden Jeans, die ladenneu aussah, und einem noch nie gewaschenen Polo mit Bügelfalten an den kurzen Ärmeln.

»Plötzlich schön«, sagte er.

»Nicht wahr«, antwortete Allmen.

Sokolow überbrückte das Schweigen, das zu entstehen drohte, mit: »Waren Sie schon öfter hier?«

»Nein. Das erste Mal.« Allmen stand auf und reichte ihm die Hand. »Allmen.«

»Sokolow«, erwiderte der Jahrhundert-Diamantendieb und lächelte seinen Observanten freundlich an. Normalerweise hätte Allmen ihm nun einen Stuhl angeboten. Er sah auf die zweiplätzige Bank seines Strandkorbs und sagte: »Ich kann Ihnen ja schlecht diesen Sitz anbieten.«

»Danke«, sagte Sokolow und setzte sich.

Allmen blieb nichts übrig, als sich neben ihn zu setzen.

Der Wind trug Stimmen vom Wasser herüber, verwehte Rufe, Kindergeschrei und Lachen, die die Brandung übertönten und Allmen an die sorglosen Nachmittage in den Schwimmbädern seiner Kindheit erinnerten.

Gerade wollte er auf Russisch sagen: »Sie sind Russe, nicht wahr?« Aber im letzten Moment besann er sich und stellte die Frage auf Deutsch. Vielleicht würde es sich eines Tages als nützlich erweisen, dass er Sokolows Sprache verstand, ohne dass der es wusste.

»Und ich dachte, ich spreche akzentfrei Deutsch. – Und Sie? Darf ich dreimal raten?«

Sokolow benötigte nur einen Versuch. Die Aufgabe war auch leicht. Allmen reiste, wie immer in Deutschland, ohne sein Bühnendeutsch. Sein Schweizerhochdeutsch kam hier besser an.

»Ich bin auch oft in der Schweiz«, eröffnete ihm Sokolow. »Beruflich.«

»Was machen Sie?«

»IT.«

»Dachte ich mir.«

»Sehe ich so aus?«

»Der Laptop. Ihr ständiger Begleiter.«

»Ach so. Und Sie? Was machen Sie?«

Sie waren bei Allmens Lieblingsfrage angelangt.

»Ich privatisiere«, war seine Antwort.

Die meisten Fragesteller nahmen sie beeindruckt zur Kenntnis. Aber Sokolow war der Ausdruck nicht geläufig. »Was tut man da?«, wollte er wissen.

»Mal dies, mal das.«

»Verstehe. Immer das, was gerade am meisten einbringt?«

Allmen schüttelte den Kopf. »Das, was mich gerade am meisten interessiert.«

»Das ist auch mein Berufsziel.«

Der Volant an der kleinen Markise des Strandkorbs knatterte im Wind, begleitet vom Gelächter der Möwen, die wie auf ein geheimes Kommando hin plötzlich aufflatterten und kreuz und quer ihre undurchschaubaren Bahnen flogen.

Und wieder begegnete Allmen Vanessas Blick. Es sah aus, als hätte sie während der ganzen Begegnung der beiden Männer zu ihm herübergesehen und gewartet, wie er ihrem einladenden Lächeln begegnen würde. Er entschied sich für ein hilfloses Hochziehen von Brauen und Schultern.

»Essen Sie heute Abend wieder im Hotel?« Sokolows Frage klang wie ein Versuch, das Gespräch wieder in Gang zu bringen.

»Ja. Man isst sehr gut, finde ich.« Und dann sagte Allmen es: »Darf ich Sie an meinen Tisch einladen?«

Sie verabredeten sich auf zwanzig Uhr an der Bar.

8

Allmen war etwas früher dort, wie immer zu Verabredungen. Eine Geste der Höflichkeit, die ursprünglich für Damen bestimmt gewesen war, die er aber längst auch auf Männer ausgedehnt hatte.

Er trank einen Singapore Gin Sling, den ihm der Barmann auf seinen Wunsch mit etwas weniger Cointreau und Grenadine, dafür mit etwas mehr Angostura zubereitete. Ein Trick, den ihm einst ein *bartender* im Raffles in Singapur verraten hatte. Es machte den Drink etwas trockener.

Nach dem Strand hatte er noch versucht, von seinem Zimmer aus Carlos anzurufen. Er wollte ihm von der neuesten Entwicklung berichten. Aber dann war etwas Überraschendes geschehen: Eine spanische Frauenstimme hatte sich gemeldet. »*Casa* von Allmen«, hatte sie gesagt.

Allmen war etwas überrumpelt gewesen, hatte seinen Namen genannt und sich erkundigt, ob Herr de Leon zu sprechen sei.

»*Carlos está ocupado,* Señor von Allmen«, hatte sie geantwortet. Carlos sei beschäftigt.

Erst jetzt hatte Allmen sich erkundigt, mit wem er das Vergnügen habe.

»Maria Moreno«, hatte sie geantwortet, fast ein wenig vorwurfsvoll. Sie hatte ihm erklärt, dass Carlos noch im Garten arbeite.

Und was denn sie mache, hatte Allmen wissen wollen.

Die Antwort klang erstaunt. »Putzen.«

Allmen nahm seinen Drink und stellte sich an das große Fenster neben der Bar.

Das Meer lag schwer und dunkel da. Vor dem klaren schwarzblauen Abendhimmel hatte sich eine weiße Wolkengirlande gebildet.

Er hörte den Barmann *»good evening«* sagen. Allmen nahm an, dass Sokolow eingetroffen war, und wandte sich der Bar zu.

Aber es war nicht seine Verabredung. Es waren zwei Männer, die er hier noch nie gesehen hatte. Einer der beiden kam ihm bekannt vor.

Und plötzlich fiel ihm ein, wo er ihn schon gesehen hatte: im Viennois. Er hatte an einem Wandtisch gesessen und die *Herald Tribune* gelesen. Allmen hatte ihn durch den Spiegel beobachten können. Er glich einem amerikanischen Schauspieler. Schon damals war er nicht auf seinen Namen gekommen.

Die beiden Männer unterhielten sich laut und unbefangen in amerikanischem Englisch. Sie bestellten Cocktails und beachteten ihn nicht. Allmen war sich sicher, dass es sich um denselben Mann handelte.

Sein Herz klopfte wild. Ein Amerikaner, der ihm im Viennois aufgefallen war, begegnete ihm in einem Luxushotel an der Ostsee wieder. Solche Zufälle gab es nicht.

Sokolow kam herein. Er trug eine Krawatte, wohl um nicht zu sehr neben Allmen abzufallen, der zu jedem Abendessen elegant gekleidet erschienen war.

Er bestellte einen Wodka. »Ich kann ja doch nicht verleugnen, dass ich Russe bin«, kommentierte er seine Wahl. »Und was trinken Sie?«

»Singapore Gin Sling. Das Meer hier erinnert mich an die Gegend.«

»Mich erinnert es an meine Jugend. Das gleiche Meer, einfach etwas weiter nördlich.«

So verschlossen und eigenbrötlerisch ihm Sokolow aus der Entfernung vorgekommen war, so offen und direkt zeigte er sich aus der Nähe. Er erzählte ihm von den Jugendzeltlagern in der Umgebung von Tallinn und von dem militärischen Drill, der dort herrschte. Allmen steuerte ein paar Geschichten vom Charterhouse bei, dem exklusiven Internat seiner Jugend, das er seinerseits etwas militaristischer ausschmückte, als es gewesen war.

Als sie zum Speisesaal gingen, war der Mann, der dem Schauspieler glich, noch immer mit seinem Begleiter in ein Gespräch vertieft. Am Tisch bemerkte Sokolow: »Haben Sie den Amerikaner gesehen? Sah aus wie Martin Sheen.«

Zur Vorspeise hatten sie Aal bestellt, nichts Außergewöhnliches für die Gegend. Aber die Zubereitung war überraschend: Er war nach einem Rezept aus der Camargue in einer Rotweinsauce glasiert. Als Allmen das Gericht lobte, überraschte ihn Sokolow wieder mit seiner Offenheit:

»Ich verstehe nichts vom Essen. Ich habe bisher immer nur gegessen, um etwas im Magen zu haben. Ich muss das noch lernen.«

»Sie wollen sagen«, fragte Allmen ungläubig, »es ist Ihnen egal, was Sie essen?«

»Nun, nicht gerade egal. Aber nicht so wichtig.«

»Vielleicht haben Sie recht«, räumte Allmen

ohne Überzeugung ein, »vielleicht misst man dem Essen zu viel Bedeutung bei.« Er trank einen Schluck Wein. »Und wie halten Sie es mit dem Wein? Auch egal?«

»Auch nicht so wichtig. Ich bin Wodkatrinker. Wodka trinkt man nicht aus kulinarischen Gründen.« Er setzte das Rotweinglas an, behielt den Schluck lange im Mund und versuchte, ihm etwas abzugewinnen. »Wie gesagt, ich muss noch viel lernen. Eigentlich alles: Essen, Trinken, Anziehen, Reisen, Wohnen, Geschmack. Kurz: Reichsein.«

Allmen suchte noch nach einer passenden Antwort, als Sokolow hinzufügte: »Das kann jemand wie Sie, dem es in die Wiege gelegt wurde, natürlich nicht verstehen.«

Allmen widersprach nicht. »Keine Angst, da kommen Sie schnell dahinter. Eine wichtige Voraussetzung scheinen Sie ja mitzubringen.«

»Welche meinen Sie?«

»Geld. Mit Geld fällt einem das Reichsein leichter.«

Sokolow lachte. Er ahnte nicht, wie viel Wahrheit für Allmen in diesem Satz steckte. »Ich bin noch im Versuchsstadium. Auch das Geld ist erst ein Vorgeschmack.«

Sie verbrachten einen angenehmen, entspannten und zunehmend lustigen Abend. Sie waren die letzten Gäste im Speisesaal und auch die Einzigen, die sich auf der Terrasse der Bar noch einen und dann noch einen Absacker genehmigten.

Mit gedämpfter Stimme unterhielten sie sich und legten immer wieder lange Pausen ein. Sahen aufs Meer hinaus. Auf die Laternenallee der Promenade. In den glitzernden Sommernachtshimmel. Auf die fluoreszierenden Gischtränder der behutsamen Wellen.

Es war weit nach Mitternacht, als sie endlich die Terrasse verließen und der Mann, der sie von einem Balkon aus beobachtet hatte, seinen Feldstecher sinken ließ und ein paar Worte in ein Ansteckmikrophon sprach.

Vor Sokolows Zimmer fragte Allmen: »Wie lange haben Sie vor zu bleiben?«

»Weiß nicht. Solange ich Lust habe.«

»Na sehen Sie, das klappt doch schon ganz gut mit dem Reichsein.«

9

Allmen duschte, putzte die Zähne und zog einen frischen Pyjama an. Aber als er ins Schlafzimmer ging, wurde ihm klar, dass er nicht schlafen konnte. Zu viele Gedanken tummelten sich in seinem Kopf.

Weshalb war der Amerikaner aus dem Viennois hier? Gab es eine Verbindung zwischen ihm und Sokolow? Handelte es sich um einen der Amerikaner, die im Apartmenthaus, in der Immobilienfirma, im Lonely Nights und beim Betreiber des Servers aufgetaucht waren?

Aber weshalb war er dann im Viennois? Gab es eine Verbindung zwischen dem Amerikaner und ihm, Allmen?

Überwachte er ihn?

Allmen tat etwas, was er nach so viel Alkohol sonst nie tat: Er rundete den Abend mit einem allerletzten Bier ab. Er holte ein Pils aus der Minibar, schenkte ein Glas voll und setzte sich damit in einen der Polstersessel am Fenster.

Angenommen, Montgomery ließ ihn überwachen. Tat er es zu seinem Schutz? Tat er es, um sich abzusichern?

Dass die Leute für Montgomery arbeiteten, schien ihm immer wahrscheinlicher. Das würde auch erklären, warum er nicht darauf bestanden hatte, Sokolows Aufenthaltsort zu erfahren. Er kannte ihn schon.

Und was war mit Sokolow? Sein Leben als vermögender Mann befinde sich erst im Versuchsstadium, hatte er gesagt. Auch das Geld sei erst ein Vorgeschmack. Beides sprach für den rosa Diamanten. Er – oder die Bande, der er angehörte – hatte den Diamanten noch nicht zu Geld gemacht. Sokolow genoss seinen Reichtum auf Vorschuss. Die Villa in der Spätbergstraße, die Haushälterin, die Suite im Grand Duc, alles im Hinblick auf den kommenden Geldsegen. Mit Geborgtem. Oder vielleicht Erspartem.

Diese Seelenverwandtschaft – von Geld, das man nicht hatte, auf großem Fuß zu leben – machte ihm Sokolow ein wenig sympathisch. Und ließ ihn daran zweifeln, dass er es tatsächlich mit einem Kriminellen zu tun hatte. Dass ein Computerfreak einen Diamanten im Wert von fünfundvierzig Millionen klaute, konnte er sich noch knapp vorstellen. Aber der Stein war bei einer Party des milliardenschweren Besitzers abhandengekommen. Wie sollte einer wie Sokolow Zugang zu diesen Kreisen erhalten?

Doch vielleicht war er gar nicht dabei gewesen. Es war unwahrscheinlich, dass hinter einem Coup von solchem Ausmaß ein Einzeltäter steckte. Viel eher war er das Werk einer Bande. Und Sokolow lediglich ein Mitglied. Vielleicht das Hirn? Vielleicht das Computergenie?

Allmen musste sich Zugang zu Sokolows Suite verschaffen. Vielleicht fand sich dort ein Hinweis. Und sei es ein entlastender.

Er trank sein Bier aus, putzte noch einmal die Zähne und warf einen letzten Blick auf das nächtliche Meer.

Ganz weit draußen zog ein Kreuzfahrtschiff vorbei. Ein filigranes Gebilde aus Licht.

10

Die fast blaue Wolkendecke am Horizont sah aus wie eine Uferlandschaft. Als säße Allmen an einem großen, friedlichen See und die Segelschiffe zögen vor dem gegenüberliegenden Ufer vorbei.

Das Aufstehen war ihm noch etwas schwerer gefallen als sonst. Sein Hirn war verklebt. So empfand er den Zustand nach zu wenig Schlaf und zu viel Alkohol. Ein kurzes Bad in der kühlen Ostsee hatte ihn ein wenig erfrischt, aber jetzt, wo das Salzwasser auf der Haut getrocknet war, fühlte sich der ganze Körper klebrig an. Er war zu faul, die paar Schritte zur Dusche zu gehen, die in der Nähe der Strandbar stand.

Sokolows Strandkorb war leer. Ihm ging es offenbar nicht besser als Allmen. Aber Vanessa und ihr Begleiter waren da. Er wie immer in seine Geschäfte vertieft. Aber sie lag nicht wie sonst im Sand, sondern ging am Strand auf und ab, einen bunten Kindereimer in der Hand und den Blick unverwandt auf den Boden gerichtet. Ab und zu bückte sie sich nach einer Muschel, studierte sie und warf das Fundstück entweder zurück in den Sand oder in den Eimer.

Sie trug wieder das tief ausgeschnittene Kleid mit viel Grün und den Schal, der ihre empfindliche Haut vor der Sonne schützte. Dazu einen großen Strohhut.

Allmen blickte immer wieder von seinem Buch auf und sah zu ihr hinüber. Sie tat, als sei sie völlig absorbiert von ihrer Muschelsuche und bemerke ihn nicht. Jedes Mal, wenn Allmen zu ihr hinsah, war sie ein Stück näher gerückt.

Beim nächsten Mal fiel es ihm nicht so leicht, den Blick wieder abzuwenden: Vanessa stand ein paar Meter entfernt vor ihm, vornübergebeugt. Der Schal hatte sich geöffnet, und ihr Dekolleté ließ einen tiefen Einblick zu. Eine kleine Ewigkeit stand sie so da, dann kauerte sie sich nieder. Ihre Knie verbargen nun den Ausschnitt, aber das Kleid war über die Schenkel gerutscht. Es war nicht zu übersehen, dass sie nichts darunter trug.

Plötzlich schaute sie auf und sah ihm in die Augen. Allmen wandte den Blick seinem Buch zu, aber er spürte, dass sie ihn ansah. Er sah wieder auf. Sie kauerte immer noch unverändert in derselben Stellung, doch jetzt lächelte sie herausfordernd. Er lächelte zurück und richtete seinen Blick etwas tiefer.

So verharrten sie beide für einen Augenblick.

»Vanessa!«

Es war die Stimme ihres Begleiters. Sie richtete sich auf, ohne Eile, und ging.

In diesem Moment kam Sokolow. Allmen wusste nicht, ob er die Szene beobachtet hatte. Falls ja, ließ er sich nichts anmerken. Er begrüßte ihn, begann, seinen Strandkorb herzurichten, drehte ihn Allmen zu und setzte sich. »Geht es Ihnen auch so wie mir?«

»Das Meer. Das Meer hilft.«

»Was mir manchmal hilft, ist die Sauna.«

Allmen verzog das Gesicht. »Die macht es bei mir nur schlimmer.«

Sokolow wandte sich seinem Laptop zu und Allmen seiner Lektüre. Helene von Nostitz, *Aus dem alten Europa*, ein Buch, wie geschaffen für diesen Ort.

Aber er konnte sich nicht auf die Vergangenheit konzentrieren. Die Gegenwart beschäftigte ihn viel zu sehr. Vor allem die Frage, wie er an Sokolows Zimmerkarte kommen könnte.

Vanessa und ihr Begleiter brachen auf. Sie würdigte Allmen keines Blickes. Der Mann legte besitzergreifend seinen Arm um ihre Schulter. Sie wandten ihm den Rücken zu und gingen langsam in Richtung Hotel.

Plötzlich nahm sie die Hand von seiner Taille und legte sie auf ihren Rücken. Sie ballte sie zur Faust und öffnete und schloss sie dreimal zu einem schnellen, verstohlenen Winken.

Allmens Gedanken waren bald wieder bei Sokolows Zimmerkarte angelangt. Und endlich hatte er eine Idee.

»Was halten Sie von folgendem Kompromiss: Sie gehen in die Sauna, ich gehe ins Meer, und wir treffen uns in einer Stunde im Spa an der Bar. Dann lade ich Sie zu einem Erfrischungsgetränk ein.«

Sokolow sah überrascht auf, klappte seinen Laptop zu und stand auf. »Einverstanden«, sagte er nur, packte seine Strandtasche und ging.

Allmen erhob sich ebenfalls und ging ins Wasser. Es fühlte sich kühl und weich an und sandte träge Wellen an den Strand.

Er blickte zurück und sah, wie sich Sokolow in seinem weißen Bademantel entfernte.

Von der Bar lösten sich zwei weitere Gestalten, ebenfalls in Hotelbademänteln. Es waren die Neuankömmlinge, die Allmen aufgefallen waren, als er an der Bar vorbei zu seinem Korb gegangen war. Zwei kurzgeschorene Engländer, die nicht aussahen, als ob sie sich ein solches Hotel leisten könnten.

Sie gingen in dieselbe Richtung wie Sokolow.

11

Allmen ließ Sokolow zehn Minuten Vorsprung. Dann folgte er ihm ins Spa.

In der Poolhalle war es stiller als an anderen Tagen, denn das Wetter war schön genug, dass die Kinder im Sand spielen konnten. Er war noch feucht vom leichten Morgenregen und formbar wie Frühlingsschnee.

Allmen ging am Pool vorbei in den Korridor, der zum Saunabereich führte. Er betrat den nur von schwachen LED-Leuchten in wechselnden Farben erhellten Ruheraum. Von irgendwoher erklang indische Entspannungsmusik.

Der Raum war leer bis auf zwei Männer. Einer lag auf einer Liege und schien zu schlafen. Der andere hatte neben einer mit Strandtasche und Bademantel belegten Liege gestanden und sich bei Allmens Eintreten rasch davon entfernt und neben den Schlafenden gelegt.

Allmen erkannte sie jetzt. Es waren die beiden Engländer.

Aus der Strandtasche sah er Sokolows silbernen Laptop hervorblitzen. Er richtete sich auf der Nachbarliege ein und wartete darauf, dass die Engländer in die Sauna gingen.

Aber sie machten keinerlei Anstalten.

Weshalb war der Mann neben Sokolows Liege gestanden? Hatte er sich daran zu schaffen gemacht und war von Allmen dabei gestört worden? Hatte er den gleichen Plan wie er? Wollte er Sokolows Zimmerkarte?

Er linste zu den beiden Männern hinüber. Beide stellten sich schlafend. Aber der auf der näheren Liege lag auf der Seite und hatte ihm den Kopf zugewandt.

Allmen wartete. Es dauerte nicht lange, bis er sah, dass der Engländer die Augen kurz öffnete und gleich wieder schloss.

Plötzlich war Allmen klar, mit wem er es zu tun hatte: Es waren die Engländer, die immer einen Schritt voraus gewesen waren. Diesmal einen Schritt hinterher.

Er wartete, bis Sokolow aus der Sauna kam. Freudig überrascht begrüßte er Allmen und ließ sich auf der Liege nieder.

»Fünfzehn Minuten und danach das Erfrischungsgetränk«, schlug er vor.

»Von mir aus auch zwanzig«, antwortete Allmen.

Nach fünf Minuten vorgetäuschtem Dösen hörte Allmen die beiden Engländer zur Sauna gehen. Eine Viertelstunde später beendete Sokolow seine Ruhephase.

»Wollen wir uns nicht zuerst umziehen und das Erfrischungsgetränk an der Bar trinken?«, schlug Allmen vor. »Hat mehr Stil als im Bademantel neben safttrinkenden Gesundheitsexperten.«

Sokolow war einverstanden. Als sie bei seiner Suite ankamen, nahm er seine Zimmerkarte aus der Bademanteltasche und öffnete die Tür. Allmen war erleichtert, dass die Karte noch da war. Um das herauszufinden, hatte er die kleine Programmänderung vorgeschlagen.

12

Es war nicht bei einem einzigen Erfrischungsgetränk geblieben. Sokolow hatte ein paar Wodka gekippt und dann darauf bestanden, dass Allmen zwischen zwei Gläsern Champagner ebenfalls einen Wodka bestellte. Denn: »Mit einem Russen kann man nur mit Wodka Brüderschaft trinken.«

Es war sechzehn Uhr, als sie sich in ihre Zimmer zurückzogen.

Als Erstes rief Allmen zu Hause an und erzählte

Carlos von den beiden Überwachungsteams. »Am liebsten würde ich ihn warnen. Aber dann verschwindet er auf Nimmerwiedersehen.«

Carlos gab ihm recht.

»Aber wenn ich ihn nicht warne, helfe ich unseren Konkurrenten.«

»Sie müssen ihnen zuvorkommen, Don John.«

»Wie?«

»Durchsuchen Sie sein Zimmer. Entwenden Sie seinen Computer.«

»Das ist sehr gefährlich, Carlos.«

»Unser Beruf ist sehr gefährlich, Don John.«

»Für mich zurzeit ein bisschen mehr als für Sie«, murrte Allmen.

Zum Abschluss des Gesprächs kam er auf Maria Moreno zu sprechen. »Habe ich das richtig verstanden? Sie haben eine Putzfrau engagiert?«

Carlos wurde verlegen. »Sie besaß praktisch Ihre Zusage, Don John.«

»Können wir uns das leisten?«, fragte Allmen. Er konnte sich nicht erinnern, diese Frage jemals gestellt zu haben.

»Wenn wir diesen Fall zu einem erfolgreichen Abschluss bringen, schon«, war Carlos' listige Antwort.

Allmen versuchte, seine verpasste Siesta nachzuholen, aber er fand keinen Schlaf. Er versuchte zu lesen, aber seine Gedanken drehten sich im Kreis. Schließlich setzte er sich ans Fenster und starrte aufs Meer hinaus. Auch das half nicht. Es lag da wie ein unlösbares Rätsel.

Als Allmen abends in den Speisesaal kam, saß Sokolow bereits an seinem Tisch in der gegenüberliegenden Ecke des Saales. Sie winkten sich zu, und jeder aß für sich allein.

Sokolows Zurückhaltung kam ihm nicht ungelegen. Vanessa war im Saal. Nur ein paar Tische entfernt saß sie neben ihrem Begleiter und warf Allmen ab und zu einen verstohlenen Blick zu. Wenn er schon wieder mit seiner Strandbekanntschaft gegessen hätte, hätte sie womöglich falsche Schlüsse gezogen.

Aber als Sokolow sein Essen beendet hatte und ihm durch Zeichen zu verstehen gab, dass er ihn in der Bar erwarte, nickte Allmen pflichtbewusst.

Kurz nach dem Russen brachen auch Vanessa und ihr Begleiter auf. Sie sah zu ihm herüber, und er nickte ihr zu. Nur der Begleiter nickte zurück.

Auch Allmen beendete seine Mahlzeit und bat den Kellner, die angefangene Flasche Bordeaux in die Bar zu schicken.

Dort war es laut und voll. Ein Luxusdampfer hatte angelegt, und eine Gruppe Passagiere hatte den Landgang genutzt, um einmal in einer anderen

Bar zu feiern. Es waren meist wohlsituierte Paare im Rentenalter mit gebräunten Gesichtern und Coiffeurfrisuren.

Sokolow saß etwas abseits am Tresen und winkte Allmen zu sich. Sein Bordeaux stand bereits dort.

»Schön, dass du gekommen bist«, sagte Sokolow. Er lächelte ihn an und prostete ihm zu.

»Nur zu einem Nightcap«, erwiderte Allmen. »Ich will früh schlafen gehen.«

»Das wird nicht leicht sein«, gab Sokolow zu bedenken, »es wird noch ein Feuerwerk geben. Zu Ehren des Kreuzfahrtschiffs.«

Sie sahen das Schiff von ihrem Platz aus. Hoch und schlank lag es an dem langen Steg in der Abenddämmerung. Alle Fenster und Bullaugen waren erleuchtet, Takelage, Reling und die wichtigsten Konturen waren mit Leuchtgirlanden geschmückt.

»Wollen wir das Feuerwerk gemeinsam anschauen? Mein Zimmer hat einen kleinen Erker aufs Meer.«

Allmen wurde die Situation unangenehm. Er kannte den Tonfall und die Art, wie Sokolow ihn ansah, aus seiner Zeit im Internat. Auch diesmal nahm er ohne Aufhebens und nach einer höflichen Frist Reißaus.

»Schade«, sagte Sokolow. »So ein schöner Abend.«

13

Es war erst kurz vor zehn, als Allmen seine Suite betrat. Er rief den Zimmerservice an und ließ sich eine Flasche von dem gleichen Bordeaux kommen, dessen Rest er in der Bar hatte stehenlassen.

Er dimmte alle Lichter im Wohnzimmer und stellte sich ans Panoramafenster.

Es war Nacht geworden. Das Schiff strahlte festlich in seinem Lichterglanz. Allmen öffnete einen Flügel. Aus der Entfernung war Musik zu hören, eine Big Band spielte *In The Mood*. Es überkam ihn wieder das Gefühl, das sich immer beim Anblick von Passagierschiffen bei ihm einstellte: Es zog ihn mit unwiderstehlicher Macht an Bord. Obwohl er wusste, dass es ihn, sobald er an Bord wäre, mit unwiderstehlicher Macht an Land ziehen würde.

Es klopfte. Allmen ging zur Tür, um den Zimmerkellner einzulassen.

Aber es war Vanessa.

Sie stand vor ihm in einem zu großen Hotelbademantel und blickte mit ihrem spöttischen Lächeln zu ihm hoch. »Darf ich reinkommen?«

Allmen ließ sie ein.

Sie ging an ihm vorbei zum Fenster und sah auf das Schiff hinunter. »Waren Sie schon einmal auf einer Kreuzfahrt?«

»Schon oft.«

»Ich nur einmal. Ich habe mich fürchterlich gelangweilt.«

»Ich mich auch. Jedes Mal.«

»Warum haben Sie es dann so oft gemacht?«

»Ich war unbelehrbar.«

»Sind Sie das immer noch?«

»Nicht mehr in dieser Beziehung.«

Ihre grünen Augen sahen ihn prüfend an. »In anderen schon?«

Allmen nickte.

Sie legte ihm die Arme um den Hals und küsste ihn entschlossen. Plötzlich ließ sie von ihm ab und sagte, als wäre sie ihm eine Erklärung schuldig: »Ich nehme gleich ein Nachtbad. Ich kann bei schönem Wetter tagsüber nicht ins Wasser, meine Haut verträgt keine Sonne.«

Und als wollte sie ihm die Gelegenheit geben, sich selbst von der Sonnenempfindlichkeit dieser Haut zu überzeugen, öffnete sie den Bademantel, streifte ihn über die Schultern und ließ ihn fallen.

Allmen ließ seine Hände über ihren weißen Körper gleiten und küsste sie.

Es klopfte.

Vanessa stieß ihn weg und bückte sich nach ihrem Bademantel.

»Nur der Zimmerkellner«, flüsterte Allmen.

Sie küsste ihren Zeigefinger, drückte ihn auf seine Lippen und verschwand ins Schlafzimmer.

Allmen öffnete dem Zimmerkellner, nahm ihm den Wein ab und gab ihm sein Trinkgeld. Als er die Tür geschlossen hatte und sich umwandte, stand Vanessa wieder vor ihm. Immer noch nackt.

Er küsste sie wieder.

Und erneut klopfte es.

»Was ist denn noch?«, rief Allmen gereizt.

Aber diesmal war es nicht der Zimmerkellner.

»Ich bin's, Artjom«, sagte die halblaute Stimme.

Vanessa bückte sich nach ihrem Bademantel.

»Es geht jetzt nicht«, antwortete Allmen.

Aber Vanessa gab ihm einen Klaps auf den Hintern und sagte, halb bedauernd, halb schnippisch: »Hat mein Mann also doch recht gehabt mit euch beiden.«

Sie öffnete die Tür und ging an dem versteinerten Sokolow vorbei hinaus.

»Habt eine zauberhafte Nacht«, hörte Allmen sie noch sagen.

Sokolow gewann seine Fassung zurück. Er machte eine bedauernde Geste. »Verzeih. Ich bin ein Arschloch. Verzeih.«

Er wandte sich ab. Allmen sah der traurigen Gestalt nach, bis sie am Ende des Gangs verschwand.

Er schloss die Tür, öffnete die Flasche, schenkte

sich ein, setzte sich ans Fenster und blickte aufs Meer hinaus.

Schon bald sah er eine weiße Gestalt an den Strand kommen. Sie warf den Bademantel ab und ging mit ausgebreiteten Armen ins Meer, schwamm ein paar Züge, kam wieder heraus, zog den Mantel an und die Kapuze über. Während sie rasch auf das Hotel zuging, rieb sie sich mit dem Frotteemantel trocken.

Die Nachtschwimmerin hatte sich ihr Alibi beschafft.

Allmen war noch wach und die Flasche fast leer, als ein lautes Krachen ihn aus seinen Gedanken aufschreckte. Vier Leuchtstreifen stiegen in den Himmel und zerstoben als Feuerkugeln, die einen bunten Leuchtregen auf die schwarze Meeresoberfläche rieseln ließen.

Am Ende des Feuerwerks bedankte sich der Dampfer mit drei tiefen Tönen aus seiner Sirene. Danach war der Applaus der Passagiere zu vernehmen.

Allmen bedauerte jetzt, dass er nicht einer von ihnen war.

14

Als Allmen am nächsten Morgen den Frühstückssaal betrat, war weder Sokolow noch Vanessa unter den Gästen. Solange er dort war, tauchten sie auch nicht auf.

Als er seinen letzten Macchiato getrunken hatte – ach, wie er Gianfrancos »Schale« im Viennois vermisste –, war er der letzte Gast. Er unterschrieb für seine Extras und hinterließ ein der Geduld des Kellners angemessenes Trinkgeld.

Am Ausgang kam ihm die freundliche Empfangsdame entgegen. »Es ist so weit, Herr von Allmen. Morgen wird die zwohundertvierzehn frei. Wenn Sie noch immer interessiert sind – ab fünfzehn Uhr können wir den Wechsel vornehmen.«

Allmen bedankte sich. Er freue sich schon auf den Erker, behauptete er. Er ging auf sein Zimmer, setzte sich an den Schreibtisch – er bildete sich ein, strukturierter denken zu können, wenn er an einem Schreibtisch saß – und dachte nach.

Wenn Sokolow tatsächlich abreiste, hatte er kaum eine Chance, auf seiner Spur zu bleiben. Falls der Zwischenfall der letzten Nacht der Grund für Sokolows plötzliche Änderung seiner Pläne war, sah er auch kaum eine Möglichkeit, ihn umzustimmen. Allmen war durch und durch hetero.

Aber vielleicht wollte Sokolow ja auch aus einem anderen Grund abreisen. Vielleicht hatte er eine Nachricht von einer Kontaktperson bekommen. Möglicherweise war der Russe, mit dem er sich im Pool kurz unterhalten hatte, eben doch nicht nur irgendein Landsmann, dem er zufällig begegnet war. War er zu einem Treffen bestellt worden? War der Diamant verkauft, und das Warten auf das große Geld hatte ein Ende? Oder hatte Sokolow ganz einfach bemerkt, dass er beschattet wurde, und wollte sich nun aus dem Staub machen?

Er musste herausfinden, was Sokolow vorhatte. Er musste erfahren, wohin er ging, mit wem er in Kontakt stand.

Er musste in dessen Suite.

Allmen wählte Sokolows Zimmernummer. Niemand meldete sich. Er stand auf, zog Badehose und Bademantel an, packte die Strandtasche und machte sich auf die Suche.

Es war ein schöner, etwas windiger Tag. Wolken, so weiß wie das Hotel, zogen wie Schwäne über den blauen Himmel. Licht und Schatten wechselten sich in einem angenehmen Rhythmus ab. Ein wunderbarer Strandtag, wie geschaffen für Leute mit empfindlicher Haut.

Am Strand war er nicht. »Ist Herr Sokolow schon gegangen oder noch nicht gekommen?«, erkundigte er sich beim Strandwärter, der ihn hatte kommen sehen und dabei war, Allmens Korb bereitzumachen.

»Ich frage mal nach, habe gerade angefangen.«

Der Strandwärter ließ auf sich warten. Als er endlich kam, war er in Begleitung von Vanessa und ihrem Mann. Er nahm die Gitter von ihrem Korb. Und plötzlich, als sei ihm Allmens Auftrag erst jetzt wieder eingefallen, rief er ihm zu: »Herr Sokolow war heute noch nicht da.«

»Danke«, murmelte Allmen.

»Kein Thema!«, schrie der Strandwärter.

Auf Vanessas Lippen lag der Anflug eines spöttischen Lächelns.

Allmen nickte ihr zu und setzte seine Suche fort.

Wenn es Sokolow nach dieser bizarren Nacht ähnlich ging wie ihm, dann war er wohl verkatert. »Was mir manchmal hilft, ist die Sauna«, hatte er gesagt.

15

Der Ruheraum war leer. Die gleiche Meditationsmusik, die gleichen bedeutungsvollen Farbwechsel der LED-Beleuchtung, der Duft nach Ätherischem.

Keine der Liegen schien besetzt, auf keiner lag ein Badetuch oder ein Bademantel.

Allmen ging zum Korridor, der in den Poolbereich führte. Noch bevor er ihn erreicht hatte, kam ihm Sokolow entgegen.

»Ich habe dir die Nacht verdorben. Entschuldige. *Izvini.*«

»Vergiss es.«

Es entstand eine Verlegenheitspause.

»Kommst du mit in die Sauna?«, fragte Sokolow.

»Ich lege mich dort hin. Und wenn du fertig bist, gehen wir an die Poolbar, deinen Flüssigkeitsverlust ausgleichen.«

Sie gingen in den Ruheraum, Sokolow legte seine Sachen auf eine Liege, und Allmen richtete sich daneben ein.

Kaum war Sokolow in der Sauna verschwunden, tastete Allmen dessen Bademantel ab. In der rechten Tasche war ein Handy, in der linken die Zimmerkarte. Er nahm sie an sich.

An der Poolbar saßen die beiden Engländer. Einer unterschrieb gerade die Rechnung, der andere stand wartend daneben.

Falls sie es wieder auf Sokolows Zimmerkarte abgesehen haben, sind sie zu spät gekommen, dachte Allmen.

Der Gang in der zweiten Etage war leer bis auf

einen Putzwagen vor der Hundertachtundneunzig. Im Vorbeilaufen ließ Allmen ein paar Einweghandschuhe mitgehen und steckte sie in die Bademanteltasche.

Als er die Zweihundertvierzehn erreicht hatte, klopfte er und wartete. Nichts.

Er klopfte ein zweites Mal. Wieder kam niemand an die Tür. Allmen zog die Putzhandschuhe an und schob die Karte in den Schlitz. Das Schloss klickte, die Tür war offen.

Er hängte das Schild »Bitte nicht stören« von der inneren an die äußere Türklinke und betrat die Suite. Sie war seitenverkehrt zu seiner und besaß den besagten Erker, sonst war alles wie bei ihm.

Das Zimmer war noch nicht gemacht. Das Bett war zerwühlt, und es herrschte große Unordnung.

Auf dem Bett lagen Kleider und Unterwäsche, die Sokolow wohl achtlos dort hingeworfen hatte, als er sich für die Sauna bereitmachte. Im Bad hing ein benutztes Handtuch über dem Hahn des zweiten Lavabos. Der Wasserhahn des anderen war nicht ganz zugedreht.

Durch eine offene Schranktür waren die beiden Anzüge zu sehen, die Sokolow abwechselnd getragen hatte. Auch zwei Hemden hingen an Bügeln. Auf der Récamière lagen die Einkaufstaschen eines Warenhauses in Rostock. Daneben drei noch originalverpackte Hemden. Und vier ladenneue Krawatten, eine schrecklicher als die andere.

Der Tresor befand sich im gleichen Schrank wie bei ihm und war umgeben von sauberer und schmutziger Wäsche und den verdorbenen Überresten der Früchteschale, die die Direktion an jedem Wochenende auf die Zimmer schickte.

Die winzige Hoffnung, Sokolow hätte vielleicht vergessen, den Tresor zu schließen, erfüllte sich nicht.

Zwischen den Wäschestücken war nichts versteckt, auch in den Schuhen war nichts zu finden.

Allmen überlegte sich, wo er selbst in Hotelzimmern Dinge versteckte. Das leere Reisegepäck fiel ihm ein, der Spülkasten der Toilette, die Ritzen zwischen Sofa- und Sesselkissen.

Plötzlich Frauenstimmen auf dem Korridor. Sie wurden etwas lauter, als sie vor der Tür angelangt waren. Allmen erstarrte. Doch dann hörte er, wie sich die Stimmen wieder entfernten.

Fünfzehn Minuten war er nun schon weg.

Im Bad lag das Reisenecessaire. Ein kleines Schmuckschächtelchen steckte in einer Seitentasche, zusammen mit einer Rolle Zahnseide.

Allmen stockte der Atem. Er ließ den Deckel des Schächtelchens aufspringen. Es enthielt ein Paar goldene Manschettenknöpfe mit den Initialen A. S.

Er steckte sie zurück an ihren Platz, ging ins Schlafzimmer und sah sich um.

Die Kleider auf dem Bett! Die Hose!

In der rechten Hosentasche steckte Sokolows Portemonnaie. Es enthielt neben Quittungen, Visitenkarten und Fresszetteln ein paar hundert Euro und drei Kreditkarten.

Allmen ging damit zum Tresor und zog den Magnetstreifen der ersten Karte durch den Kartenleser.

Mit einem leisen Piepen öffnete sich das Schloss.

Das Licht der Schrankbeleuchtung fiel auf Sokolows kleinen Laptop. Allmen nahm ihn heraus. Darunter lagen ein Schlüsselbund, ein Pass, ein kleiner Stapel Fünfhunderteuroscheine, ein Autoschlüssel.

Kein Diamant. Rosarot war einzig ein kleiner USB-Stick.

Allmen nahm den Speicherstick an sich, den Laptop und, angesichts von Montgomerys Zahlungsmoral, fünf von den neuen, steifen Fünfhundertern. Er schloss den Tresor, steckte die Kreditkarte in den Geldbeutel und diesen in die Hosentasche zurück, öffnete die Tür einen Spalt, vergewisserte sich, dass die Luft rein war, und ging in seine Suite.

Er konnte seinen Tresor nicht benutzen, dazu hätte er eine Kreditkarte besitzen müssen. Er legte seine Beute in die Schublade zu seinen anderen Wertsachen, wie er es in allen Hotels tat (und noch nie war ihm etwas abhandengekommen), und beeilte sich, zurück in die Sauna zu kommen.

16

Im Ruheraum herrschte Unruhe. Mitarbeiter im Dress des Spa liefen mit ernsten Mienen eilig hin und her. Ein paar Gäste in Badeanzügen oder Frotteemänteln standen in einem Grüppchen und besprachen sich aufgeregt und mit gedämpften Stimmen.

»Was ist passiert?«, erkundigte sich Allmen bei einem dicken Mann, den er vom Speisesaal kannte.

»Jemand ertrunken«, erklärte er. »Im Abkühlbecken. Das erträgt eben nicht jeder Kreislauf, diese extremen Temperaturwechsel.«

Allmen ging zum Durchgang in den Abkühlbereich. Eine Therapeutin, die er von einer Massage her kannte, stellte sich ihm in den Weg. »Hier dürfen Sie nicht rein, Herr von Allmen.«

Er sah ihr über die Schulter. Ein paar Angestellte des Spa kauerten um einen Körper. Allmen sah nur ein langes weißes Bein.

»Ist es …?«

»Ich fürchte, ja. Es ist Herr Sokolow.«

Allmen konnte sich nicht vom Fleck rühren. Er starrte zu der Gruppe Helfer hinüber. Und zu Sokolows langem dünnen Bein.

Erst als sich Sanitäter und Notarzt zwischen den Gästen hindurchdrängten, kam wieder Bewegung in ihn.

Langsam und wie betäubt ging er auf den Ausgang zu. Beim Pool fiel ihm Sokolows Zimmerkarte ein. Er ging noch einmal zurück und setzte sich wie unter Schock auf Sokolows Liege. So glaubwürdig, dass nach kurzer Zeit die Therapeutin zu ihm kam und fragte, ob alles okay sei.

»Es geht schon«, sagte Allmen, und die Therapeutin ging zurück auf ihren Posten.

Als er sich erhob, steckte Sokolows Zimmerkarte wieder in dessen Bademantel.

Dritter Teil

1

Der Regen trommelte auf das Strandkorbdach. Die Tropfen machten kleine Dellen in den feinen Sand. Die flachen Steine waren saubergewaschen und glänzten wie Halbedelsteine. Manchmal schrie eine Möwe, echote ihren eigenen traurigen Schrei und ließ ihn verklingen.

Vom Saunabereich war Allmen gleich in sein Zimmer gegangen und hatte versucht, Carlos anzurufen. Schon wieder hatte Maria Moreno abgehoben und ihm mitgeteilt, Herr de Leon sei beschäftigt.

»Es ist sehr, sehr dringend«, hatte er ungehalten beharrt.

»Er ist drüben in der Villa. Ein Rohrbruch. Er wurde gerufen. Versuchen Sie es später wieder.«

Allmen öffnete die Schublade mit seinen Wertsachen. Er nahm den Laptop heraus und sah sich in der Suite um.

Über dem Schreibtisch hing ein Ölgemälde. Ein Blumenstillleben von zweifelhafter Qualität in einem schweren Goldrahmen. Er hob es etwas von der Wand weg, stellte den Laptop hochkant in den Keilrahmen und senkte das Bild vorsichtig wieder zurück.

Danach versuchte er wieder, Carlos zu erreichen. Diesmal mit Erfolg.

»Carlos, sie haben Sokolow umgebracht.«

Einen Moment lang blieb es still. Dann fragte Carlos: »Wer?«

»Ich glaube, die Engländer. Im Abkühlbecken der Sauna ertränkt. Ich hatte sie kurz zuvor in der Nähe gesehen.«

Erneut ein kurzes Schweigen, bis Carlos sagte: »Also waren sie wieder vor uns da.«

»Nicht ganz, Carlos.« Allmen erzählte ihm von dem Laptop.

»Kommen Sie so schnell wie möglich nach Hause, Don John.«

Kaum hatte er aufgelegt, klingelte das Telefon. Es war die Rezeption. Man bat ihn um Verständnis dafür, dass die Suite zweihundertvierzehn vorläufig nicht bezugsbereit sei. Die Herren von der Polizei hätten dort noch zu tun.

Allmen zeigte volles Verständnis und bat seinerseits um Nachsicht. Er habe seine Pläne geändert und werde die Suite nicht benötigen, auch seine jetzige nicht mehr. Er bat darum, den Flug für den nächsten Tag zu buchen, die Limousine zu bestellen und die Rechnung vorzubereiten.

Danach war er zum Strand gegangen.

Nur wenige Tage waren vergangen, seit er hier neben Sokolow gesessen hatte. »Das ist auch mein Berufsziel«, hatte der gesagt, als Allmen erklärt hatte, er sei Privatier. Und jetzt, kurz bevor er es erreicht hatte, war er tot.

Allmen war melancholisch. Und das Abschiedsgefühl, das ihn jedes Mal befiel, wenn er ein Hotel verließ, machte es noch schlimmer. Die Gewissheit, dass die Räume, die für ein paar Tage sein Heim gewesen waren, bald von anderen Leuten bewohnt würden, führte ihm wieder einmal die Flüchtigkeit des Daseins vor Augen. Es war dieses stetige Kommen und Gehen der Gäste und Saisons, das er an Hotels liebte. Und das ihn beim Abschiednehmen immer wehmütig stimmte.

Das Wetter hatte umgeschlagen. Langgezogene Wolken in den Farben des Meeres – Grau, unterbrochen von Gischtweiß – öffneten da und dort einen Spalt für die Nachmittagssonne. Ein paar Strandkörbe waren besetzt, an der Strandbar hatten sich die ersten Gäste niedergelassen.

2

Hinter angeschwemmtem Tang zerrieselten die Sandburgen vom Vortag im Ostwind zu Ruinen.

Allmen machte einen letzten Strandspaziergang. Die Koffer standen gepackt in seiner Suite, nur sein anthrazitgrauer Reiseanzug hing noch im Schrank. In zwei Stunden erwartete ihn die Limousine.

Am Vorabend war die Stimmung im Speisesaal gedrückt gewesen. Die Gäste standen unter dem Eindruck des tödlichen Unfalls oder fühlten sich aus Gründen der Pietät zu einer gewissen Zurückhaltung verpflichtet.

Allmen war sich an seinem Ecktisch vorgekommen wie ein Witwer, dem die verstohlenen Blicke und das Getuschel der Gäste galten. Vanessa war so weit gegangen, ihm zu kondolieren.

Sie war plötzlich von ihrem Tisch aufgestanden, hatte den Saal durchquert, ihm die Hand gereicht, die andere tröstend auf seine Schulter gelegt und gesagt:

»Mein herzliches Beileid. Es muss schrecklich für Sie sein.«

Allmen hatte sich erhoben und geantwortet: »Ich habe ihn ja kaum gekannt.« Und sich seltsamerweise ein wenig geschämt für diese posthume Distanzierung.

Danach war sie zu ihrem Tisch zurückgegangen. Ihr Mann sagte – seinem Gesichtsausdruck nach – etwas Unfreundliches. Sie legte das Besteck beiseite, er aß stumm weiter.

Allmen hatte nach dem Essen mit dem Barkeeper zwei Wodka auf Sokolow getrunken, danach war er in sein Zimmer gegangen und hatte zu packen begonnen.

Das Hotel war voller Polizeibeamter, die die Gäste befragten. Allmens erster Impuls war gewesen, einen von ihnen anzusprechen und ihm von den Engländern zu erzählen. Aber dann hatte er davon abgesehen. Er wollte nicht unnötig auf sich aufmerksam machen. Wenn man ihn befragte, würde er es erwähnen. Falls nicht, würde er versuchen, unauffällig zu verschwinden.

Er hatte jetzt den Hotelstrand hinter sich gelassen und war im öffentlichen Teil angelangt. Die Strandkörbe waren hier bunt und individualistisch, wie die Häuschen einer Laubenkolonie.

Da sagte eine Stimme hinter ihm: »Herr von Allmen, verzeihen Sie.« Sie klang etwas außer Atem.

Allmen wandte sich um. Die Stimme gehörte einem jungen, etwas übergewichtigen Mann mit kurzgeschorenen blonden Haaren. Er zeigte einen Polizeiausweis und gab ihm die Hand.

»Krille. Wir haben gehört, dass Sie abreisen, und

wollten Ihnen noch ein paar Fragen stellen«, erklärte er. »Deswegen störe ich Ihren Strandspaziergang. Wollen wir weitergehen?«

Gemeinsam setzten sie den Spaziergang fort.

»Sie waren mit Herrn Sokolow befreundet?«

»Wir haben zweimal zusammen gegessen, einmal etwas an der Bar getrunken und waren einmal gemeinsam im Spa«, stellte Allmen richtig.

»Mehr nicht?«

Allmen blieb stehen und sah Krille an. Es war nicht schwer zu erraten, wie die Frage gemeint war.

»Was immer man Ihnen erzählt hat, ich hatte kein Verhältnis mit Sokolow. Weder mit ihm noch sonst je mit einem Mann.«

Krille nahm es kommentarlos zur Kenntnis. »Was wollten Sie zur Zeit des … ähm … Vorfalls in der Sauna?«

»Der Ruheraum eignet sich hervorragend zum Lesen und Entspannen. Man ist ungestört von Kinderlärm.«

Krille kritzelte etwas in sein winziges Notizbuch. Allmen überraschte ihn mit der Frage: »Gehen Sie von einem Unfall aus?«

Der Beamte sah ihn prüfend an. »Haben Sie etwas beobachtet, was dagegenspricht?«

Allmen erzählte ihm von den beiden Beobachtungen mit den Engländern. Dass sie Sokolow vom

Strand aus gefolgt waren. Dass er einen der beiden dabei überrascht hatte, wie er im Ruheraum um Sokolows Liege herumstrich.

»Wären Sie bereit, das zu Protokoll zu geben?«

»Wenn ich deswegen nicht meinen Flug verpasse.«

Krille blieb stehen. »Dann drehen wir besser um. In knapp zwei Stunden werden Sie abgeholt.«

Der Mann war über Allmens Pläne genau informiert.

Sie gingen, an den zusammengewürfelten Strandkörben vorbei, zurück zu den einheitlichen.

»Wir haben uns erkundigt, wer von den Gästen vorzeitig abreist. Sie sind der einzige. Außer den zwei Engländern. Die haben bereits gestern ausgecheckt.«

Allmen blieb stehen. »Ich traf im Ruheraum ein, als es bereits passiert war. Dafür gibt es mehrere Zeugen.«

Krille nickte. »Ich weiß.«

Allmen machte sich gefasst auf den Satz: »Aber Sie waren zwei Mal dort.« Was der Fahnder stattdessen sagte, war auch nicht viel besser: »Wissen Sie etwas über den Laptop?«

»Den Laptop?«

»Sokolow wurde oft mit einem Laptop gesehen. Bis jetzt haben wir ihn nicht gefunden.«

Eine Eingebung ließ Allmen antworten: »Das ist seltsam. Herr Sokolow hatte ihn immer mit dabei.«

»Auch in der Sauna?«

Allmen schüttelte den Kopf. »Im Ruheraum. Das eine Mal, als ich mit ihm dort war und er in die Sauna ging, hatte er den Laptop im Ruheraum gelassen.«

»Einfach so offen?«

»Nein, in der Strandtasche und vom Bademantel bedeckt.«

»Jemand hätte den Laptop also im Ruheraum entwenden können.«

»Leicht. Weshalb ist er so wichtig?«

»Weil er verschwunden ist.«

Allmen sah ihn überrascht an. »Logisch.«

»Noch eine Frage, Herr von Allmen: Wo waren Sie, bevor Sie in die Sauna gingen?«

»Am Strand.«

»Und gingen von dort direkt ins Spa?«

»Direkt. Dafür gibt es Zeugen.«

Der Ermittler nickte. »Stimmt.«

»Weshalb fragen Sie dann?«

»Reine Formsache. Jemand hat Sokolows Zimmer durchsucht.«

Wer ein Leben führte wie Allmen, hatte gelernt, weder zu erröten noch zu erbleichen. Es gelang ihm auch diesmal.

»Durchsucht ist untertrieben«, ergänzte Krille. »Auf den Kopf gestellt.« Und nach ein paar Schritten fügte er noch hinzu: »Aufgebrochen und in großer Eile durchwühlt.«

Allmen gelang es, sich seine Erleichterung nicht anmerken zu lassen.

Sie hatten das Hotel beinahe erreicht. »Eine Bitte noch«, sagte Krille. »Das Vorgehen ist ein wenig unorthodox, aber in Anbetracht der knappen Zeit …«

»Fragen Sie.«

»Wir haben keine Durchsuchungsanordnung, aber die ist in einem solchen Fall in ein paar Stunden zu beschaffen. Hätten Sie etwas dagegen, wenn ein Kollege von mir ohne diese Formalitäten einen kurzen Blick in Ihr Gepäck werfen würde, während wir beide das Protokoll aufnehmen? Sonst würde sich Ihre Abreise verzögern.«

Wieder kam Allmen seine Erfahrung mit prekären Situationen zugute. »Aber beeilen Sie sich«, war sein einziger Kommentar.

Der Fahnder bestellte telefonisch einen Kollegen zu Allmens Suite. Danach gingen sie schweigend zum Hotel.

3

Mit all der Gelassenheit, die er aufbringen konnte, saß Allmen in dem Sessel beim Fenster und diktierte Krille seine Aussage in den Laptop, während ein anderer Beamter sein Gepäck durchsuchte. Es handelte sich um einen Teil seines schon recht mitgenommenen Sets, das er sich in besseren Zeiten in der Manufaktur von Louis Vuitton in Asnières hatte anfertigen lassen. In neutralem Schwarz, ohne die Initialen von Louis Vuitton, dafür mit denen von J.F.v.A.

Zu Beginn der Durchsuchung hatte er gesagt: »Bitte so, dass ich es danach noch zubringe. Zum Neupacken bleibt keine Zeit.«

Der Mann ging sorgfältig vor, das musste er ihm lassen. Er sah seiner verächtlichen, aber beeindruckten Miene an, dass er noch nie solch einem Reisegepäck begegnet war. Jedes Stück hatte seinen Platz: Die Toilettenartikel ihre Toilettenschatulle, die Krawatten ihr Krawattenetui, die Hemden ihre Hemdenbox, alles genau eingepasst und herausnehmbar. Selbst die Schmutzwäsche hatte ihren eigenen Beutel aus sehr weichem Leder.

Für die Schuhe gab es einen eigenen flachen Koffer und für die Anzüge einen großen, der sich zu einem kleinen Kleiderschrank aufklappen ließ.

Einmal sagte der Beamte: »Das können Sie doch gar nicht einchecken.«

»Weshalb denn nicht?«, wunderte sich Allmen.

»Das kostet doch ein Vermögen an Übergewicht.«

»Ach so. Ja, das schon.«

Das letzte Gepäckstück war etwas größer als ein Executive Case und Allmens Entertainment-Koffer. Er bot Platz für etwa zwanzig Bücher, zwei Aktivboxen und einen iPod voller Opern, Symphonien, Rock, Folk, Jazz – je nach Stimmung.

Der Beamte räumte den Koffer sorgfältig leer. Als er begann, den Inhalt wieder zurückzulegen, fielen ihm unten links und rechts zwei Laschen auf.

»Lässt sich das öffnen?«

Allmen nickte stumm.

Der Mann zog an den Laschen, der Boden löste sich, und zum Vorschein kam – ein Backgammon Board. In einem separaten Etui waren die Steine verpackt, in einem anderen Spielkarten für Bridge, Poker, Skat und Jass.

Allmen half, die Koffer zu verschließen, und die Beamten warfen noch einen Blick in die Schränke und Schubladen.

»Wenn Sie mich jetzt bitte entschuldigen wollen, ich muss mich noch umziehen.«

Krille bedankte sich für Allmens Geduld und Verständnis, und die beiden Männer verabschiedeten sich. Allmen zog sich um und packte die Kleider ein, die er getragen hatte.

Dann nahm er das Stillleben über dem Schreibtisch vorsichtig von der Wand und holte den Laptop hervor. Aus dem doppelten Boden des Entertainment-Koffers nahm er das Backgammon, klappte es auf, verstaute den kleinen Computer in dessen Hohlraum und ließ das Ganze wieder unter dem doppelten Boden verschwinden.

Er informierte die Rezeption, dass sein Gepäck abholbereit sei, und ging hinunter in die Lobby.

Die nette Empfangsdame hatte Dienst. Er schob ihr einen von Sokolows Fünfhundertern über den Tresen und bedankte sich für ihre gute Betreuung.

Die Rechnung überflog er – sie belief sich mit allen Extras auf etwas über vierzehntausend Euro – und unterschrieb sie.

»Die Anschrift haben Sie ja«, stellte er beiläufig fest und gab der Rezeptionistin die Hand. »Ach ja, da fällt mir ein: Adressieren Sie die Rechnung zuhanden Herrn Carlos de Leon, meinem persönlichen Assistenten. Sonst geht das womöglich unter.«

Der Fahrer fuhr den Bentley schneller als bei der Hinfahrt, sie waren spät dran.

Aber das Hotel hatte den Flughafen informiert. Der Schalter blieb für Herrn von Allmen etwas länger geöffnet.

4

Samstag war ein guter Tag, um nach Hause zu kommen. Carlos hatte den ganzen Tag frei und konnte ihn gebührend empfangen.

Während Herr Arnold das Gepäck aus dem Kofferraum des Cadillacs lud, drückte Allmen auf die Klingel unter dem Messingschild mit seinen Initialen.

Kurz darauf erschien Carlos mit einem alten Leiterwagen, der noch aus der Zeit des Erbauers der Villa stammte.

»*Muy buenas tardes*«, wünschte er seinem Patrón, »*bienvenido*«, und lud das Gepäck auf.

Unterdessen entlohnte Allmen Herrn Arnold angemessen.

Carlos ging ihm mit dem über den Plattenweg ratternden Leiterwagen voraus bis kurz vor die geschnitzte Haustür der Villa, dann links um den Buchs und zwischen den Rhododendren und Azaleen hindurch zum kleinen Gärtnerhaus.

Es war ein hochsommerlicher Spätnachmittag,

den die alten Parkbäume angenehm mit ihrem Schatten kühlten. Carlos hatte Tee vorbereitet, den er in der Bibliothek servierte. Zusammen mit seinen unvergleichlichen Nachos mit *guacamole* und *frijoles*. Während Allmen den Tee zu sich nahm, packte Carlos die Koffer aus.

Dann kam er zurück in die Bibliothek, schenkte Tee nach und wartete wie immer, bis Allmen ihn einlud, ihm Gesellschaft zu leisten. Erst dann setzte er sich.

»Sie haben den Laptop gefunden, nicht wahr?«

»Ja, Don John.« Er lächelte. »Gutes Versteck.«

Allmen forderte Carlos auf, sich bei den Häppchen zu bedienen. Der bedankte sich und nahm eines.

»Ich habe der Polizei von den Engländern erzählt«, eröffnete ihm Allmen. »Sie sind noch am selben Tag abgereist.«

»Und von den Amerikanern?«

»Habe ich nichts gesagt.«

Carlos fragte nicht, warum. Stattdessen überraschte er ihn mit der folgenden Neuigkeit: »Die Überweisung von Señor Montgomery ist seit gestern gutgeschrieben.«

Allmen tat, als hätte er nichts anderes erwartet.

»Und er hat eine Nachricht hinterlassen. Sie sollen ihn dringend anrufen.«

Carlos überreichte ihm eine Telefonnotiz mit Montgomerys Nummer und der Zeit des Anrufs. Sie trug nicht die Handschrift von Carlos. Allmen sah ihn fragend an.

»Señorita Moreno. Sie hat den Anruf entgegengenommen.«

»Haben Sie sie jetzt fest angestellt?« Carlos' Verlegenheit amüsierte Allmen.

»Nein, nein. Aber sie ist sehr tüchtig. Eine große Hilfe.«

»Verstehe.«

Carlos räusperte sich. »Don John?«

»*Diga!*«

»Wenn Sie mit Montgomery telefonieren, haben Sie dann die Absicht, den Laptop zu erwähnen?«

Allmen schüttelte den Kopf.

»*Muy bien,* Don John.« Carlos stand auf. »Wenn sonst nichts mehr ansteht, werde ich mich jetzt mit dem Laptop befassen.«

»Ja, bitte, tun Sie das.«

»Können Sie mir bitte ›rosa Diamant‹ auf Russisch schreiben?« Carlos reichte ihm einen Notizzettel. Allmen nahm seine Füllfeder und schrieb die zwei Worte in kyrillischer Schrift. Dann ließ Carlos ihn allein.

Allmen wählte Montgomerys Nummer. Er meldete sich sofort. Allmen informierte ihn über Sokolows Tod. Montgomerys Reaktion war geschäftsmäßig. Er wollte keine Details wissen, erkundigte sich nicht nach den Umständen. Es war, als hätte er lediglich die formelle Bestätigung einer längst bekannten Information erhalten. Allmen fand seinen Verdacht, dass die Engländer Montgomerys Leute waren, somit um ein Weiteres bestätigt.

»Wir sind auf Kurs«, sagte er knapp.

»Können Sie etwas deutlicher werden?« Montgomery klang ärgerlich.

»Nicht am Telefon.«

»Dann persönlich in London. Wann?«

Allmen schlug vor, den morgigen Tag und Ermittlungsstand abzuwarten und auf dieser Basis ein paar Terminvorschläge zu machen. Montgomery war einverstanden und legte auf.

Allmen steckte die Notiz mit der Nummer in die Außentasche seines Sakkos. Dort stieß er auf den pinkfarbenen USB-Stick aus Sokolows Tresor. Er legte ihn in eine der vielen Schubladen seines Schreibsekretärs, setzte sich auf den Klavierhocker und entspannte sich mit etwas Cole Porter.

5

Zur gleichen Zeit saß Carlos in seiner Mansarde am Schreibtischchen vor Sokolows Laptop.

Ein wunderbares Gerät, kein Vergleich zu seiner alten Kiste. Die kleine Maschine steckte voller Software. Das meiste waren Programme, von denen Carlos bisher nur gehört hatte oder die er gar nicht kannte, Spezialtools für Programmierer. Aber es gab auch viel Nützliches – für Carlos Unerschwingliches – für Bildbearbeitung, Design, Textverarbeitung, Musik und so weiter.

Carlos begann, die Festplatte zu durchsuchen.

Der Kalender war leer. Entweder gelöscht oder nie benutzt. Das Adressbuch enthielt hundertzweiunddreißig Adressen in kyrillischer Schrift.

Carlos ließ das Suchprogramm vergeblich nach dem Begriff »rosa« suchen, in Englisch, Deutsch und Russisch. Auch »Diamant« in den drei Sprachen ergab keine Treffer.

Sokolows Mailordner schienen seit Jahren nicht geleert worden zu sein. Carlos fand Nachrichten bis ins Jahr 2007 zurück. Die meisten in kyrillischer Schrift. Aber es gab auch ein paar deutsche und englische. Englisch hatte Carlos als kleiner Schuhputzer von den Touristen aufgeschnappt, Deutsch hatte er sich, seit er in der Schweiz war, angeeignet. Er hätte also die Nachrichten lesen und verstehen können, wenn sie nicht Fachthemen betroffen hätten. Und das taten die meisten. Sie waren voller Ausdrücke, die für ihn keinen Sinn ergaben.

Auch hier keine Treffer beim Suchbegriff »rosa Diamant« in drei Sprachen.

Es blieb ihm nichts anderes übrig, als Mail für Mail zu öffnen und die deutschen und englischen zu lesen. Allein für die vergangenen acht Monate waren das fast dreitausend erhaltene und gesendete. Die meisten englischen betrafen berufliche Themen, nur selten vermischte Sokolow Geschäftliches und Privates. Eine sehr private Beziehung pflegte er mit einem gewissen Günther, mit dem er sehr anzüglich auf Deutsch korrespondierte. Die einzige Geschäftsverbindung, mit der er auch privat verkehrte, war jemand aus New York namens Paul La Route. Eine der Mails bezog sich auf einen Abend, an dem sie offenbar viel getrunken hatten. Eine andere enthielt ein Foto von der Villa in der Spätbergstraße und eine Einladung dorthin bei La Routes nächstem Besuch.

Carlos arbeitete sich bis in den April zurück. Dann schaltete er den Laptop aus. Er verpackte ihn in zwei Plastiksäcke, verklebte sie mit breitem Klebeband, versah das Paket mit einer langen

Schnur und ging damit in sein Schlafzimmer, dessen Mansardenfenster der Villa abgewandt war. Es war Nacht geworden. Carlos stieg aufs Dach. Er hatte schon als Junge ein wenig Geld damit verdient, für die Gringos mit der Machete hoch in die Kronen ihrer Bäume zu steigen, um sie zu stutzen und von Misteln zu befreien. Er war schwindelfrei.

Er kletterte an den Schneefangvorrichtungen bis zum Kamin hinauf, schob das Paket hinein und ließ es ein paar Meter den Kamin hinunter. Er befestigte die Schnur und kletterte zurück zu seinem Schlafzimmerfenster.

Allmen hatte aufgehört, Klavier zu spielen, aber Carlos hörte ihn noch herumgeistern. Er ging die Treppe hinunter und überbrachte ihm die schlechte Nachricht, dass er nichts gefunden hatte.

6

Das Viennois war fast leer, ein paar der Habitués waren in den Ferien, und die Touristen, die sonst um diese Jahreszeit den verbliebenen Zehn-Uhr-Gästen ihre Stammplätze streitig machten, saßen an den Tischen auf dem Trottoir. Es war ein herrlicher Sommertag.

Allmen war gedämpfter Stimmung. Sokolows

Tod steckte ihm in den Knochen, der Verdacht, dass sein Auftraggeber Montgomery etwas damit zu tun haben könnte, beunruhigte ihn, und das Viennois weckte die Erinnerung an eine andere Sorge, die manchmal in ihm hochstieg: der mysteriöse Amerikaner, der aussah wie Martin Sheen.

Gianfranco brachte ihm seine zweite Schale und ein Croissant. Kopfschüttelnd sagte er: »*Quarantacinque milioni per un anello, signor Conte!*« Fünfundvierzig Millionen für einen Ring, Herr Graf!

Allmen sah ihn überrascht an. Gianfranco deutete auf eine Meldung in der Zeitung, die vor seinem Gast lag. Allmen hatte sie noch gar nicht bemerkt.

Der Beitrag war eine Viertelseite lang. Die Schlagzeile lautete: »Das Coming-out des rosa Diamanten.« Darunter das Bild einer lächelnden Asiatin in einem roten Brautkleid. Sie hielt ihre linke Hand ins Bild, an der sie einen großen Solitär trug.

»Li Hua Jiao, die Tochter des chinesischen Großinvestors Zhang Wei Linh, und ihr Hochzeitsgeschenk«, lautete die Bildunterschrift.

Die kurze Meldung besagte, dass der Käufer des rosa Diamanten, der bei der Schweizer Niederlassung von Murphy's zum Rekordpreis von über fünfundvierzig Millionen Franken versteigert worden war, nur deshalb anonym geblieben war, weil er seine Tochter zu ihrer Hochzeit mit dem Stein überraschen wollte. Es handle sich um den chinesischen Milliardär Zhang Wei Linh, dessen Tochter Hua Jiao sich am vergangenen Wochenende mit dem chinesischen Popstar Li Feng Hu vermählt hatte.

7

Carlos trug seine Kellnerjacke mit schwarzer Hose und Schlips. Das tat er an Wochentagen mit ihrer kurzen Mittagspause selten. Aber auch aus dem Duft nach Coq au Vin – eine von Allmens Lieblingsspeisen – schloss er, dass Carlos Bescheid wusste.

Er ging in die Bibliothek und setzte sich in den Lesesessel. Carlos servierte ihm seinen Sherry.

Allmen leerte das Glas zur Hälfte und sah ihn ratlos an. »Verstehen Sie das?«

Carlos schüttelte den Kopf.

»Weshalb engagiert er uns, um etwas zu finden, das gar nie verschwunden war?«

»Vielleicht war der Diamant ja verschwunden, und jemand anders hat ihn gefunden.«

»Glauben Sie das?«

»Ich weiß nicht, Don John.«

Allmen trank den Sherry aus und verlangte, ganz gegen seine Gewohnheit, einen zweiten. Carlos schenkte nach.

Allmen nahm ihn entgegen und sinnierte. »Einen Tag nach Sokolows Tod trug die Braut den Diamanten am Finger. Vielleicht haben sie Sokolow doch zum Reden gebracht, bevor sie ihn ertränkten.«

Carlos sagte wieder: »Ich weiß nicht, Don John«, und entschuldigte sich. Das Essen sei gleich fertig.

Allmen nahm seinen Sherry, ging in den engen, übermöblierten Wohn-Essraum und setzte sich an den festlich gedeckten Tisch.

Carlos brachte den Salat, den er in dem kleinen Gemüsegarten im weniger schattigen Teil des Gartens anpflanzte. Die Blätter der verschiedenen Sorten Pflücksalat waren mit einer Sauce aus Zitrone, Macadamiaöl und Gewürzen angemacht, zu einem kleinen Stapel aufgeschichtet und mit getrockneten, in Olivenöl eingelegten Tomaten dekoriert.

Allmen kommentierte das kleine Kunstwerk nicht. Stattdessen sagte er: »Als ich am Samstag mit Montgomery telefonierte, war der rosa Diamant also schon bei der Braut.«

»Vermutlich, Don John.«

Allmen aß ohne die gebotene Andacht.

»Weshalb sagt er mir das nicht? Haben Sie eine Erklärung, Carlos?«

»Zwei, Don John. Entweder, der Diamant war nie verschwunden. Oder Montgomery wusste es nicht, weil die Engländer für den Chinesen arbeiten.«

»Und was wäre dann Montgomerys Rolle?«

»Vielleicht wurde er benutzt. Wie wir, Don John.«

Carlos servierte ab und brachte den Hauptgang. Das Hühnerfleisch war dunkelrot und fiel von den Knochen, die Polenta war übergossen mit der sämigen Weinsauce, in der Speckwürfel und Perlzwiebeln schwammen. Und dennoch musste Allmen sich zwingen, den Teller leer zu essen.

»Carlos?«, sagte Allmen, als dieser zum dritten Mal hereinschaute, um zu sehen, ob er abräumen könne.

»*Qué manda,* Don John?«

»Sokolow hatte also nichts mit dem rosa Diamanten zu tun.«

»Ich glaube schon, Don John.«

»Ja?«

Carlos nickte. »Aber der rosa Diamant ist nicht das, was wir denken.«

8

Bis kurz nach zehn Uhr versuchte Allmen immer wieder, Montgomery zu erreichen, dann gab er es auf. Er schob Brahms' Variationen über ein Thema von Joseph Haydn mit Harnoncourt und den Berliner Symphonikern in die Anlage und versuchte zu lesen.

Plötzlich das Klirren von Glas, laut wie eine Explosion. Allmen sprang aus dem Sessel, aber schon wurde er von hinten gepackt. Eine Hand drückte ihm die Luft ab, ihm wurde schwarz vor den Augen.

Ein greller Schmerz durchfuhr erst den linken und dann den rechten Arm. Er wurde grob in den Sessel gedrückt.

Als er sich wieder zurechtfand, saß er schweratmend in seinem Lesesessel. Die Arme waren eng hinter den Rücken gefesselt. Schultern, Ellbogen und Handgelenke ein einziger Schmerz.

Jetzt hörte er Lärm im Vestibül, wie von einem Handgemenge.

»Hijo de puta!«, rief Carlos' Stimme.

Eine Männerstimme: *»Jack! Over here!«*

Der Mann, der hinter Allmen stand, rannte los. Er sah ihn jetzt zum ersten Mal: schwarzes T-Shirt, Jeans, schwarze Strumpfmaske. Er verschwand in der Tür zum Wohn-Esszimmer, stieß etwas um, das sich anhörte wie die kleine Hausbar.

Immer noch der Lärm der Rauferei. Noch einmal Carlos mit *»Hijos de puta!«*, ein Schlag wie eine Faust auf einen Sandsack, dann Stille, nur noch Keuchen.

Zwei Männer kamen in die Bibliothek. Sie trugen Carlos an Armen und Beinen, wie ein erlegtes Wild, und ließen ihn auf den Kelim fallen, gerade noch in Allmens Blickfeld. Carlos hatte Mund und Augen halb geöffnet und blutete aus der Nase.

Einer der beiden kauerte sich vor Allmen nieder und blickte ihn an. Auch er ganz in Schwarz, nur seine Strumpfmaske war braun. Das rechte Auge war halb zugeschwollen. Wohl Carlos' Verdienst.

Er hielt die Hand auf. »Du gibst es mir, und wir sind weg.« Er sprach mit Londoner Akzent.

»Was?«, brachte Allmen heraus.

»Sokolow hatte es, jetzt hast du es, und keinem von beiden gehört es.«

Carlos stöhnte, der zweite Mann versetzte ihm einen Tritt.

»Sehen Sie nicht, wie schlecht es ihm geht!«, schrie Allmen ihn an.

Der Mann versetzte Carlos einen weiteren Tritt.

Der andere hielt Allmen die offene Hand noch fordernder entgegen.

»Ich weiß nicht, wovon Sie reden.«

Carlos kassierte einen weiteren Tritt.

»Hören Sie auf!«

Noch ein Tritt.

Allmen hatte kein Gefühl mehr in den Händen und spürte, wie ihm die Taubheit die Arme heraufkroch. Carlos blutete, und dass er aufgehört hatte zu stöhnen, hielt Allmen für ein noch schlechteres Zeichen. Er gab auf. Er deutete mit dem Kinn auf den Schreibsekretär. »Dort. In einer Schublade.«

Carlos stöhnte auf und bekam einen Tritt.

Der Londoner ging zum Möbel. »In welcher?«

Allmen seufzte. »Ich weiß es nicht mehr.«

Der Mann riss grob die erste der kleinen intarsierten Schubladen heraus, schüttete ihren Inhalt auf die Schreibfläche und durchsuchte den Schubladeninhalt. Der andere gesellte sich zu ihm und half ihm dabei.

Hinter den beiden sah Allmen plötzlich zwei weitere Männer aus dem Nebenzimmer kommen. Sie hatten Pistolen in den Händen und machten ihm Zeichen zu schweigen.

Der Londoner kippte eine weitere Schublade aus.

»Freeze!«, schrie einer der Bewaffneten und: *»Down!«*

In ein paar Sekunden lagen die beiden auf dem Bauch und trugen Handschellen. Jeder Handgriff hatte gesessen, als hätten die vier die Choreographie dieser Festnahme gemeinsam einstudiert.

9

Kaum lagen die zwei Engländer gefesselt auf dem Bauch, rappelte sich Carlos auf. Er trug einen von Allmens ausgedienten und auf seine Größe umgenähten Pyjama, mit dessen Ärmel er sich jetzt das Blut von der Nase wischte. Er ging zu dem Mann mit der schwarzen Strumpfmaske und versetzte ihm einen Tritt. »*Uno*«, zählte er. Und dann vier mehr: »*Dos, tres, cuatro, cinco.* Fünf waren es, *hijo de puta.*«

Einer der Retter telefonierte leise, der andere half Allmen aus dem Sessel und zerschnitt den Kabelbinder, mit dem er gefesselt war.

Allmen hob seine gefühllosen Hände und sah sich die Handgelenke an. Das Plastik hatte tief eingeschnitten, an ein paar Stellen war die Haut aufgeschürft und blutete.

»*Are you all right?*«, fragte der zweite Retter, zweifellos ein Amerikaner.

»*I'm fine*«, behauptete Allmen. Er wollte sein

Einstecktuch aus dem Brusttäschchen ziehen und es Carlos anbieten, aber er hatte Mühe, seine Hände zu kontrollieren.

Carlos sah, was er vorhatte, und winkte ab. Er war schließlich der Mann, der für das Waschen und Bügeln zuständig war.

Er verließ die Bibliothek. Als er gleich darauf zurückkam, hielt er ein zerknülltes Haushaltspapier an die Nase gepresst.

Der Amerikaner hatte inzwischen die Eindringlinge auf den Rücken gedreht und ihnen die Strumpfmasken vom Kopf gezerrt.

Es waren die Engländer vom Grand Duc.

Der zweite Retter hatte das Telefongespräch beendet und kehrte zurück in die Bibliothek. Es war der Mann, der Martin Sheen ähnlich sah.

Er streckte ihm die Hand entgegen. Allmen versuchte, sie zu drücken, aber es gelang ihm nicht.

»Kein Gefühl«, erklärte er.

Der Amerikaner nahm Allmens schlaffe Hand und schüttelte sie. *»Bob«*, stellte er sich vor. *»And this is Joey.«*

»Hi!«, rief sein Partner, ohne die beiden Engländer aus den Augen zu lassen.

Allmen stellte Carlos vor, der immer noch mit nach hinten gekipptem Kopf und dem Haushaltspapier an der Nase dastand.

»Are you all right?«, fragte Bob auch ihn. Carlos antwortete mit einem tapferen *»Sí, señor«*.

»Danke für die Hilfe. Woher wussten Sie, was hier vorging?«, fragte Allmen.

»Wir haben Sie ein bisschen, wie soll ich sagen – beschützt?«

»In wessen Auftrag?«

»Im Auftrag von jemandem, dem etwas gehört, das Sie haben.«

»Dasselbe, was die beiden wollten?« Allmen deutete auf die Gefesselten.

»Dasselbe.«

»Und für wen arbeiten die?«

»Für die Konkurrenz.« Bobs Handy klingelte. Er meldete sich, sagte *»Okay«* und beendete das Gespräch. *»They're here«*, sagte er knapp zu dem anderen Mann. Der nickte und ging hinaus.

Bob ging zum Sekretär und begann zu suchen.

»Und was ist es, das alle wollen?«, fragte Allmen.

»Das.« Bob hatte Sokolows rosa USB-Stick gefunden und hielt ihn in die Höhe.

Der zweite Amerikaner kam in Begleitung von drei Männern zurück. Sie begrüßten Bob wie einen Bekannten und nickten Allmen und Carlos flüchtig zu. Zwei der beiden halfen den Engländern auf die Beine und führten sie weg.

Der Dritte hielt Allmen kurz einen amtlich aussehenden Ausweis unter die Nase und sagte auf Schweizerdeutsch: »Wir werden Sie kontaktieren.« Er verabschiedete sich und folgte seinen Kollegen.

Allmen sah Bob an. »Wer war das?«

»*Your* Bundespolizei.« Bob zeigte ihm den USB-Stick. »Wie sind Sie in den Besitz gekommen?«

Allmen improvisierte. »Sokolow hat ihn mir gegeben. Ich sollte ihn für ihn aufbewahren.«

»Und was ist mit seinem Laptop?«

»Ich dachte, den haben die Engländer geklaut?«

»Das denkt die deutsche Polizei auch.« Der Amerikaner steckte den Datenträger in die Hosentasche und machte Anstalten zu gehen.

»Eine Frage noch, Bob«, sagte Allmen. »Wie kamen Sie aufs Grand Duc?«

»Wir haben uns den Engländern an die Fersen geheftet.«

»Und wie kamen die aufs Grand Duc?«

»Sie haben sich Ihnen an die Fersen geheftet.«

»Aber weshalb waren Sie damals im Café Viennois?«

»Weil die Engländer dort waren.«

Als Bob sich verabschiedete, war das Gefühl wieder in seine Hände zurückgekehrt. Und mit ihm der Schmerz der Einschnitte.

Carlos' Nase hatte aufgehört zu bluten. Er begleitete den Amerikaner hinaus. Er kam zurück mit Schaufel und Besen und begann, die Scherben zusammenzukehren.

»Wissen Sie, wie die Engländer uns gefunden haben, Carlos?«

»*Sí,* Don John. Señor Montgomery.«

»Und was, glauben Sie, ist auf dem kleinen Datenträger?«

»Ich weiß es nicht, Don John. Aber das ist der rosa Diamant.«

10

Allmen sah sich gezwungen, trotz des warmen Wetters die Spuren seiner Fesselung unter schweren Doppelmanschetten zu verbergen. Er beging zwar auch bei diesen Temperaturen nie den Stilbruch, kurze Ärmel unter dem Jackett zu tragen, aber leichte Sommerhemden mit einfachen Manschetten und simplen Perlmuttknöpfen schon.

Für Carlos war es noch schwieriger. Er trug seine Kampfspuren im Gesicht. Das in allen Farben schillernde Auge war so unübersehbar, dass er sich nicht auf die Straße wagte. Ein Illegaler sollte möglichst unauffällig sein.

Das Problem waren die Einkäufe. Zum ersten Mal in seinem Leben tat Carlos das Undenkbare: Er bat seinen Patrón, einkaufen zu gehen. Er gab ihm einen Einkaufszettel, auf den er fein säuberlich ein paar Produkte des täglichen Bedarfs notiert hatte: Brot, Käse, Butter, Sahne, Rindsragout, ein Stubenküken, Haushaltspapier, Toilettenpapier. Er schrieb ihm den Namen des Supermarkts auf und skizzierte ihm, was an welcher Stelle zu finden war.

Trotzdem scheiterte Allmen an der Aufgabe. Er verstand das System mit den Einkaufswagen nicht, und als er es einer Hausfrau abgeschaut hatte, fand er kein Zweifrankenstück. Er behalf sich mit einem Korb und machte sich auf die Suche.

Zuerst stieß er auf das, was ihm am peinlichsten war: das Toilettenpapier. Er merkte sich die Stelle und wollte zurückkommen, wenn er bereits ein paar Produkte zur Tarnung beisammenhatte.

Erst eine Viertelstunde später fand er sie wieder. Er nahm zwei Rollen – die großen Familienpackungen waren ihm zu auffällig – und bedeckte sie mit den sechs Tiefkühlpizzen, für die er sich entschieden hatte anstelle der notierten Einkäufe. Er selbst würde auswärts essen und Carlos die praktischen, arbeitssparenden Pizzen, bis er sich wieder auf die Straße wagen konnte.

Allmen ging zur Kasse, bezahlte bar, wunderte sich über den niedrigen Preis und hätte der Kassiererin aus alter Gewohnheit beinahe ein Trinkgeld gegeben.

Auf dem Kundenparkplatz erwartete ihn Herr Arnold mit dem Cadillac und verstaute die kompromittierende Einkaufstasche im Kofferraum.

Carlos nahm die Einkäufe entgegen, ohne eine Miene zu verziehen. Als Allmen begann, ihm die Vorzüge der Fertigpizza anzupreisen, antwortete er nur mit seinem *»cómo no, cómo no«*. Danach ging er in die Küche und stopfte die Pizzen ins Tiefkühlfach.

Allmen bekam ihn erst zum Vieruhrtee wieder zu Gesicht. Stumm schenkte er ihm ein.

»Verzeihen Sie, Carlos, ich bin einfach nicht für diese Haushaltssachen geschaffen. Warum bitten Sie nicht Maria Moreno, etwas öfter im Haushalt zu helfen, bis Sie wiederhergestellt sind?«

»Weil wir es uns nicht leisten können, Don John. Von Señor Montgomery haben wir nichts mehr zu erwarten.«

»Ein wenig Geld haben wir ja noch. Und es werden neue Aufträge kommen.«

11

Aber in den Tagen, die folgten, traf kein neuer Auftrag ein. Der späte August bescherte ihnen ein paar schöne Tage, Carlos' vermöbeltes Gesicht nahm wieder seine gewohnten scharfen Konturen an, und Allmen fand seinen gewohnten Rhythmus wieder zwischen Viennois, Siesta, Promenade, Golden Bar und Oper.

Doch in den ersten Tagen des Septembers waren zwei außergewöhnliche Ereignisse zu verzeichnen:

Das erste war eine überraschende Begegnung im kleinen Gärtnerhaus. Allmen, der nie ein Frühaufsteher, aber ab und zu ein Spätheimkehrer war, kam kurz vor sechs Uhr früh nach Hause. Er hatte nach dem Essen im Promenade noch im ›Süden‹ hereingeschaut, einem neuen Club, zu dessen kürzlicher Eröffnung er von einer fröhlichen Abendgesellschaft mitgenommen worden war und dessen Betreiber er durch sein Auftreten und Aussehen so beeindruckt hatte, dass er ihm eine VIP-Karte aufgedrängt hatte.

Er hatte einen Drink genommen und einen zweiten, beide *on the house,* und als er sich verabschieden wollte, war er von der gerade ankommenden Jasmin, einer Freundin aus besseren Zeiten, abgefangen und zurück an die Bar geschleppt worden. Später hatte er sie nach Hause begleitet und ihre Einladung zu einem Gutenachtbier angenommen.

Es war ein frischer Morgen, Tau lag auf dem Rasen und ein wenig Herbst in der Luft. Allmen ging, den Schlüsselbund in der Hand, auf das Gartenhaus zu, als er plötzlich zwei Gestalten sah, die sich vor der halboffenen Haustür voneinander lösten. Der Mann war Carlos, die Frau – Maria Moreno.

Den beiden Herren war die Begegnung um einiges peinlicher als der Frau. Sie begrüßte Allmen ganz unbefangen und ließ sich nach ein paar Unverbindlichkeiten von Carlos zum Gartentor begleiten.

Das zweite erwähnenswerte Vorkommnis war der Besuch eines Beamten der Bundespolizei. Ein Herr Mitte fünfzig, sehr korrekt und formell, mit einem sehr kleinen Notebook, das er auf den Knien balancierte, während er behende Allmens Aussage niederschrieb.

Am Schluss der Protokollaufnahme fragte Allmen: »Die beiden haben Sokolow ertränkt, nicht?«

Der Beamte nickte.

»Weiß man, weshalb?«

»Sie sagen, es sei ein Unfall gewesen. Sie hätten versucht, Informationen aus ihm herauszuholen, indem sie ihn immer wieder unter Wasser gedrückt hätten. Dabei sei er ihnen ertrunken.«

»Und das glauben Sie?«

»Jedenfalls muss sich Herr Sokolow sehr gewehrt haben. Er war voller Hämatome und hatte DNA-Spuren unter den Nägeln, die mit der DNA der beiden übereinstimmen.«

»Was geschieht mit ihnen?«

»Sie werden den deutschen Kollegen überstellt.«

»Weiß man, in wessen Auftrag sie handelten?«

»Man geht von einer bestimmten konkreten Annahme aus. Mehr kann ich Ihnen im Stadium des laufenden Verfahrens nicht sagen.«

»Ein gewisser Herr Montgomery?«

Der Beamte schwieg.

»Und weiß man, für wen Montgomery arbeitet?«

Der Beamte stand auf, überreichte Allmen sein Kärtchen und sagte: »Wenn Ihnen noch was einfällt, melden Sie sich doch bitte.«

Ansonsten verliefen die Tage ruhig und ereignislos. Der Fall »rosa Diamant« wurde von Allmen International Inquiries zu den Akten gelegt, Allmen verwendete seine Kreativität wieder vermehrt auf das Vortäuschen von Solvenz, und Carlos bereitete seine Entscheidung Sorgen, dass er sein Arbeitspensum bei K, C, L&D Treuhand auf fünfzig

Prozent reduziert hatte. Sorgen, die die lebenslustige und optimistische Maria Moreno allerdings zu vertreiben verstand.

12

Seit Carlos dank der Erfolgsprämie für die Libellen etwas Geld auf der Seite hatte, interessierte er sich für Wirtschaftsthemen. So kam es, dass er eines Abends im Wirtschaftsteil einer von Allmen bereits ausgelesenen Wochenzeitung auf die folgende Meldung stieß:

Hedge&Win unter Verdacht

Der englische Hedgefonds »Hedge&Win« steckt möglicherweise hinter dem Diebstahl der HFT-Software, die ein früherer Mitarbeiter der Investmentbank Brookfield Klein bei seiner Verhaftung auf dem Boston Logan International Airport bei sich trug. Das jedenfalls geht aus dem Zwischenbericht der New Yorker Staatsanwaltschaft hervor, die den Fall untersucht.

Das Computerprogramm ist das Resultat jahrelanger Entwicklungsarbeit. Es wird von der Bank dafür eingesetzt, Hochfrequenzbörsengeschäfte abzuwickeln. Dem Verdächtigten, dem Kanadier Paul La Route, einem ehemaligen Mitarbeiter der auf Hochfrequenzhandel spezialisierten Investmentbank Brookfield Klein, konnten für die Monate vor seiner Verhaftung intensive Kontakte zum Hedgefonds nachgewiesen werden.

Paul La Route? Der Name kam ihm bekannt vor.

Es wurde jetzt schon viel früher dunkel, auch war der Mond fast neu, daher konnte Carlos ohne Angst, gesehen zu werden, zum Kamin hinaufsteigen.

Es war immer noch warm und windstill. Dunkel stand die Villa da, durch die Fenster sah er das schwache Leuchten und Blinken der Büroelektronik. Das große Glasdach der Bibliothek war schwach erleuchtet. Vom Flügel klang die *Nocturne* herauf, die Allmen am leidlichsten beherrschte.

Carlos hievte den Laptop vorsichtig aus dem Kamin und stieg zu seinem Mansardenfenster hinunter.

Unter dem Absender oder Empfänger »La Route« gab es dreizehn Mails. Die erste lautete: »*Hi Artjom, back in* NYC, immer noch etwas verkatert, aber nüchtern genug, um zu bekräftigen:

Das Projekt Vivid P. war ernst gemeint. Ich hoffe, für dich auch. *Cheers!* Paul«

Die Antwort stammte vom gleichen Tag: »*Hi Paul, let's go then!* Artjom«

Postwendend mailte La Route zurück: »*Great!* Du wirst von mir hören. Paul«

Nach fast zehn Tagen Funkstille dann die nächste Nachricht. Sie enthielt einen Link zu einem Server und die Angaben: user: artjom, password: vividp33. Dazu ein kurzer Text mit den Anweisungen, das File vor 5 PM NYC-Zeit herunterzuladen, es sofort auf einen USB-Stick zu laden und es gleich danach von der Festplatte zu entfernen. Er selbst, La Route, werde es danach ebenfalls vom Server löschen.

Um 10 Uhr 32 Schweizer Zeit folgte bereits die Bestätigung von Sokolow: *»Copied and deleted.«* Kopiert und gelöscht.

Eine Minute später die Bestätigung von La Route: *»Deleted.«*

Ein paar Tage darauf schrieb Sokolow an La Route: »X brennend interessiert! Verhandeln?«

La Route antwortete: »Verhandeln.«

Dann folgten noch fünf Mails zum Thema. Die erste war die Ankündigung einer Überweisung – *»your share of the advance payment«*, dein Anteil am Vorschuss – in Höhe von 200 000 Dollar. Mit der Bitte um Mitteilung der Bankverbindung.

Es folgte die Mail mit Sokolows Bankverbindung eine Stunde später.

Erst drei Wochen danach fand sich wieder eine Nachricht unter dem Betreff »vivid p«. Sie ging von Sokolow an La Route und lautete: »*Hi* Paul, wenn du das nächste Mal zu Besuch kommst, wohnst du bei mir (s. Foto). *Regards* Artjom.« Angehängt war ein Foto eines Einfamilienhauses, das Carlos als das in der Spätbergstraße erkannte.

Doch dann fand sich, nach ein paar Tagen, in Sokolows Maileingang eine Nachricht der höchsten Dringlichkeitsstufe. Betreff: »*Troubles!!!* Sicherheitskopie machen, an sicherem Ort verstecken (schreib mir, wo!). Alles löschen, was uns miteinander in Verbindung bringt! Alles!«

Sokolows Antwort trug dasselbe Datum. Sie bestand aus einem einzigen Wort: »Grotto.«

Carlos machte Suchläufe nach dem Betreff »vivid p«, dem Absender Paul, dem Empfänger Paul, wiederholte das Ganze mit »La Route«, suchte die Inhalte aller Nachrichten in allen Postfächern nach den wichtigsten Stichworten ab, die in diesen dreizehn Mails vorkamen – nichts. Kein weiterer Hinweis auf den rosa Diamanten. Noch immer drangen Klavierakkorde herauf. Carlos klappte den Laptop zu, nahm das Gerät unter den Arm und stieg die schmale, steile Treppe hinunter.

13

Allmen wäre in Gedanken wohl ebenfalls beim Geheimnis des rosa Diamanten gewesen, wenn er sich nicht mit den *Nocturnes* abgelenkt hätte. Nicht jede Form des Klavierspiels taugte zur Ablenkung. Wenn er einfach so aus seinem Repertoire vor sich hin klimperte, verließen seine Gedanken bald einmal die Musik, begannen zu wandern, und eh er sich's versah, landeten sie wieder dort, von wo er sie hatte weglocken wollen. Aber wenn er vom Blatt spielte, brauchte er jeden seiner Gedanken. Das tat zwar seinem Spiel nicht gut, aber es enthob ihn, wie sonst nur das Lesen, der Wirklichkeit.

Als Carlos ihn mit seinem *»con permiso«* in diese zurückholte, fuhr Allmen zusammen.

»Disculpe«, sagte Carlos, »ich hörte, dass Sie noch auf sind.«

»Worum geht's?«

»Um den rosa Diamanten.«

Allmen breitete den Tastenläufer über die Tasten, schloss den Deckel und erhob sich.

Carlos hielt ihm den Zeitungsartikel entgegen. Allmen bot ihm einen Stuhl in der Art-déco-Sitzgruppe an, setzte sich dazu und las den Bericht.

»Und jetzt vermuten Sie, dass unser kleines Ding dieses Programm war?«

»Ich vermute es nicht, ich weiß es.« Carlos klappte den Laptop auf und stellte ihn auf den Clubtisch. Er öffnete die erste Mail. »*Fíjese,* Don John – stellen Sie sich vor! –, die Nachricht ist von Paul La Route an Artjom Sokolow.«

»No me diga!«, stieß Allmen aus und begann zu lesen.

Bei der zweiten Mail war auch Allmen klar, dass Sokolow der Komplize von La Route war.

»Vivid P«, sagte Allmen, »wissen Sie, was das heißt? Vivid Pink, die Fachbezeichnung für den rosa Diamanten!«

Bei der dritten Nachricht erschien auf dem Bildschirm die Aufforderung, den Computer ans Stromnetz anzuschließen, die Batterie sei fast leer.

»Hier«, sagte Allmen und deutete auf den Bildschirm.

»Ich habe kein Netzkabel.«

»Warum nicht?«

»Bei allem Respekt, Don John: Weil Sie es nicht entwendet haben. Ich habe eines bestellt, es sollte morgen kommen.«

Allmen erinnerte sich vage an ein Kabel, das er in Sokolows Unordnung gesehen hatte, und las weiter.

»*Mission completed,* Programm kopiert und gelöscht«, war sein Kommentar zur fünften Mail.

Bei der siebten sah er Carlos an. Dieser nickte. »*Fíjese!* La Route verkaufte an Hedge&Win, und Sokolow verhandelte mit weiteren Interessenten!«

Danach schwieg er bis zur neunten. »Zweihunderttausend Dollar Vorschuss! Auf wie viel wohl? Es muss viel gewesen sein. Er hat gesagt, er übe auf Vorschuss für seinen bevorstehenden Reichtum.«

Das Foto in der elften Mail entlockte Allmen den Kommentar: »Ist sie nicht entsetzlich, die Villa in der Spätbergstraße?«

Carlos schwieg. Villen in dieser Gegend lagen so weit außerhalb seines Denkens, dass er sich über ihre Ästhetik keine Meinung bildete. Aber zur nächsten Bemerkung hatte er einen Kommentar. Es war die zwölfte Mail mit dem Betreff *»Troubles!!!«*, in der La Route Sokolow anwies, eine Sicherheitskopie zu machen und alle Spuren ihres Kontaktes zu löschen.

»Er muss geahnt haben, dass er aufgeflogen ist«, vermutete Allmen.

Carlos hatte recherchiert: »Zwei Tage später wurde er auf dem Flughafen in Boston verhaftet.«

Allmen lehnte sich zurück und dachte nach. »Es existiert also eine Sicherheitskopie.«

Carlos machte eine vage Handbewegung.

»Weshalb zweifeln Sie daran?«

»Ich zweifle an seiner Zuverlässigkeit. Die Mails

mit Señor La Route, Don John. Er hat sie ja auch nicht gelöscht.«

»Stimmt. Sokolow war eine Schlampe. Sie hätten sein Zimmer sehen sollen.«

Beide versanken in Schweigen.

Und unversehens ging die Sache auf. »Die Engländer«, sagte Allmen, »die Engländer arbeiteten für Hedge&Win.«

»Denn el Señor La Route, dem sie schon viel Geld bezahlt hatten, wurde verhaftet, bevor er Hedge&Win die Software übergeben konnte«, ergänzte Carlos.

»Sie waren Sokolow auf die Spur gekommen und wussten, dass der eine Kopie der Software besaß, die er über seine Verbindungen im IT-Business an Dritte verkaufen wollte.«

»Das heißt, Don John, Montgomery arbeitete für Hedge&Win. Er hat die beiden auf Sie angesetzt.«

»Aber es bleibt die Frage, weshalb er Allmen International Inquiries eingesetzt hat. Weshalb hat er seine Leute nicht direkt auf Sokolow angesetzt?«

»Für Schweizer ist es einfacher, in der Schweiz Nachforschungen zu betreiben, Don John.«

Das leuchtete ein. Aber eine letzte Frage beschäftigte Allmen. »Aber weshalb ausgerechnet Allmen International?«

Carlos lächelte. »Die Website, Don John, die Website.«

Der Bildschirm wurde dunkel.

»Was ist jetzt?«, rief Allmen aus.

»Die Batterie. Leer. Aber da war nur noch eine Nachricht. Sehr kurz.«

»Wie lautete sie?«

»Grotto.«

»Was soll das bedeuten?«

»*Cueva*, Höhle.«

»Was es heißt, weiß ich schon. Aber was bedeutet es?«

14

Halb fünf war früh für die Golden Bar. Drei, vier Tische waren besetzt. Zwei Herren bei einer diskreten Geschäftsbesprechung, zwei Damen bei einem frühen Aperitif, ein jüngerer Mann, der im Ohr einen drahtlosen Kopfhörer trug und ein Selbstgespräch zu führen schien. Und Allmen mit Roland Kerbel.

Kerbel war ein alter Bekannter aus der Zeit von Allmens legendären Partys in der Villa Schwarzacker. Sie hatten sich nie aus den Augen verloren, obwohl Kerbel Banker war und Allmens finanzielle Lage kannte. Er akzeptierte, dass dieser die Fassade aufrechterhalten wollte, und spielte mit.

Allmen hatte ihn um diesen frühen Apéro gebeten, weil er »ein paar Fragen zur Börse« habe.

»Seit wann interessierst du dich für die Börse?«, hatte sich Kerbel gewundert.

»Ich habe dort seit kurzem ein paar Assets«, antwortete Allmen obenhin, »und will vor meinem Asset Manager nicht ganz so ahnungslos dastehen.«

Der Banker, der sich gerne reden hörte, hatte Allmen einen erschöpfenden Überblick über den Aktienhandel gegeben und leerte jetzt sein Glas. Beide tranken Campari Soda, das Getränk für vorgezogene Apéros.

»Noch eine letzte Frage. Was bedeutet Hochfrequenzhandel?«

»Nichts für dich. Das ist für ein paar Banken und Hedgefonds.«

»Und wie funktioniert es?«

Kerbel machte dem Barmann ein Zeichen, noch zwei Drinks zu bringen, und holte Luft.

»Nasdaq gewährt den Händlern, die Hochfrequenzhandel betreiben, einen kurzen Einblick in Kaufaufträge mit Preislimiten, bevor alle anderen Marktteilnehmer davon erfahren. Nehmen wir an, Allmen International wäre an der Börse, die Aktie kostete zehn Dollar, und ein Käufer gäbe den Auftrag, hunderttausend davon zu kaufen für höchstens zehn Dollar zehn Cent.«

Allmen lächelte über die Wahl des Beispiels.

»Der Computer kauft hunderttausend Allmen-International-Aktien zum Marktpreis von zehn Dollar und treibt den Käufer bis knapp an sein Limit von zehn Dollar zehn. Zu diesem überhöhten Preis verkauft er ihm das Paket und steckt hunderttausendmal zehn Cent Gewinn ein, zehntausend Dollar. *In absolutely no time.*«

»Wie viel Zeit?«

»Wirklich *no time*.«

Der Barmann brachte die frischen Campari und räumte die leeren Gläser ab.

Kerbel nahm einen Schluck. »Etwa dreißig Millisekunden.«

»Der ganze Vorgang, den du eben beschrieben hast? Das dauert dreißig Tausendstelsekunden?«

»Und das ist den Banken und Hedgefonds immer noch zu lang. Sie arbeiten fieberhaft daran, diese Zeit zu halbieren, zu dritteln. Sie stationieren immer schnellere, immer teurere Rechner immer näher an die Börsencomputer, um durch das Netzwerk möglichst wenig Zeit zu verlieren. Kein Aufwand ist ihnen zu hoch in diesem Milliardengeschäft.«

Das viele nachgedunkelte Gold der Innenausstattung reflektierte die gedimmten Spots und tauchte die Bar in das ewige Mitternachtslicht, das den Gästen über vierzig so schmeichelte.

»Milliarden«, wiederholte Kerbel. »Aber so lukrativ der automatisierte Börsenhandel ist – er ist auch brandgefährlich. So ein Programm kann sich verselbständigen und einen Börsencrash auslösen. Bis heute weiß man nicht genau, was den letzten *Flash Crash* ausgelöst hat. Manche Leute vermuten, eine HFT-Software. Wehe, so ein Ding gerät in falsche Hände.«

Kerbel ließ seine Warnung ein wenig nachwirken.

»Hast du von dem gelesen, den sie in den Staaten verhaftet haben mit einer HFT-Software im Gepäck?«

»Erzähl.« Allmen nahm einen Schluck.

»Ein ehemaliger Mitarbeiter von Brookfield Klein. Die Bank ist eine der bedeutendsten Hochfrequenzspezialistinnen. Und die Software ist eine Neuentwicklung, an der der Verhaftete mitgearbeitet hatte. Das kann nur heißen: Sie ist schneller als die der Konkurrenz. Das weckt schon Begehrlichkeiten.«

»Aber wer kann etwas anfangen mit so einem Programm?«

»Die Konkurrenz. Die ist sehr übersichtlich. Von den etwa zwanzigtausend Firmen, die an der Nasdaq mitmischen, betreiben nur etwa zweihundert Hochfrequenzhandel. Aber sie wickeln über siebzig Prozent des Börsenhandels ab. Das schränkt den Kreis der Verdächtigen ein. In diesem Fall tippt man auf Hedge&Win. Ein wichtiger Mitspieler. Und ein besonders unzimperlicher dazu.«

Die ersten After-Work-Gäste betraten die Bar. Drei junge Männer und eine junge Frau im Business Look. Sie sprachen laut über einen Vorgesetzten und dämpften die Stimmen ein wenig, als sie merkten, wie still es in der Bar war.

»Die Versuchung für einen auf Hochfrequenzhandel-Software spezialisierten Programmierer ist groß«, fuhr Kerbel fort, »die bieten dem fünfzig Millionen, und er kippt um.«

An diesem Abend erwartete er Carlos ungeduldig. Immer wieder hatte Allmen nach ihm Ausschau gehalten, ihn von weitem gesehen, wie er Beete hackte, Rasen rechte, Töpfe wässerte. Er hatte gehofft, er könne ihn abfangen, wenn er seine Schubkarre voller Gartenabfälle zum Kompost brachte.

Als Carlos endlich ins Gärtnerhaus zurückkam, passte ihn Allmen in der Diele ab und führte ihn so, wie er war, in Overall und Stiefeln, in die Bibliothek. Dort erzählte er ihm von seinem Gespräch mit Kerbel, vom Phänomen Hochfrequenzhandel und vom sagenhaften Wert der Software.

»Mehr als der richtige Diamant, *fíjese,* Carlos!«

Das Glashaus befand sich ganz im Schatten der alten Parkbäume, nur weit vorne, dort, wo die Hecke begann, die das Anwesen von der Straße abgrenzte, lag ein Viereck Sonnenlicht auf dem Rasen. Auf dem Wipfel einer Zeder sang eine Amsel schon ihr Abendlied.

»Und das Beste, Carlos …«

»*Sí,* Don John?«

»Ich glaube, ich weiß, wo wir suchen müssen.«

15

In der ersten Etage eines Altstadthauses mit Sicht auf den Fluss und die Seemündung hatte Immolux seine Büros.

Allmen hatte die Visitenkarte von Esteban Schuler, Assistant Vice President, noch am Vorabend gesucht und schließlich im Brusttäschchen des Anzugs gefunden, den er an jenem Tag getragen hatte. Er war noch vor Carlos' Arbeitsbeginn aufgestanden und hatte ihn gebeten, mit Schuler einen frühen Termin zu machen. Das Früheste war fünfzehn

Uhr dreißig gewesen, die Terminpläne von assistierenden Vizepräsidenten sind nun mal voll.

Auch warten ließ ihn Schuler ein wenig. Seine Assistentin hatte Allmen einen Kaffee angeboten, den er abgelehnt hatte. Auch die Zeitung wollte er nicht. Allmen hielt nichts davon, denen, die ihn warten ließen, das Gewissen zu erleichtern, indem er las und Kaffee trank. Wer Allmen warten ließ, sollte sehen, dass er wartete.

Nach kaum vier Minuten Wartezeit platzte Schuler herein wie ein Chefarzt auf Visite.

»Verzeihen Sie, dass es noch einen Moment gedauert hat.«

Allmen überging die Aufforderung zu verzeihen und kam ohne Umschweife auf sein Anliegen zu sprechen. »Herr Schuler, wie schon telefonisch erwähnt: Die Villa in der Spätbergstraße will mir nicht mehr aus dem Kopf.«

»Das verstehe ich gut, es ist eines unserer Topobjekte. Aber wie gesagt, wir haben keinen Kontakt zum Mieter, der Vertrag läuft bis zum Jahresende, und die Miete ist bis dahin bezahlt. Das Einzige, was ich für Sie tun kann, ist, Sie ganz zuoberst auf die Interessentenliste zu setzen. Aber wenn der Mieter den Vertrag verlängert, hat er natürlich Priorität.«

Allmen hatte sich die Erklärung kopfnickend

angehört. »Ich mache Ihnen einen Vorschlag: Ich erhöhe die Miete von – wie hoch war sie? Siebzehn plus Nebenkosten?«

»Sechzehn«, korrigierte Schuler.

»Meinetwegen sechzehn auf – sagen wir neunzehn, wir machen einen Vertrag auf zehn Jahre mit einer Option auf weitere zehn, ich tätige in enger Absprache mit den Architekten von Immolux die nötigen Investitionen – über den Daumen gepeilt von mindestens einer Million –, die ich in diesen zehn Jahren abschreibe. Dafür kündigen Sie dem jetzigen Mieter – Vernachlässigung, Leerstand, Gründe gibt es genug. Und wir unterzeichnen noch diese Woche einen Vorvertrag mit diesen Bedingungen.«

Schuler machte ein Gesicht, als bekäme er jeden Tag solche Angebote. »Ich kann mich gern mal mit der Erbengemeinschaft kurzschließen, der das Haus gehört. Bis wann bräuchten Sie eine Antwort?«

»Bevor Sie das tun, muss ich Sie um etwas bitten.«

»Worum?«

»Vierundzwanzig Stunden.«

Als Allmen sah, dass Schuler nicht verstand, fügte er hinzu: »Im Haus. Ungestört. Verstehen Sie das? Ich reagiere auf Stimmungen, Atmosphäre,

Schwingungen, nennen Sie es, wie Sie wollen. Ich halte es am schönsten Ort keine Stunde aus, wenn die Atmosphäre nicht stimmt. Geben Sie mir vierundzwanzig Stunden in der Spätbergstraße neunzehn, und wenn die Atmosphäre stimmt, machen wir Nägel mit Köpfen.«

Schulers Antwort kam sofort: »Das geht nicht. Stellen Sie sich vor, der Mieter kommt zurück und trifft Sie in seinem Haus an.«

Allmen sah ihn herausfordernd an. »Zehntausend Franken für Ihren Aufwand, bar auf die Hand, falls er zurückkommt.«

Schuler tat, als überlege er noch. »Vierundzwanzig Stunden? Sie allein?«

»Ich allein. Mit meinem Butler, natürlich.« Allmen lächelte entschuldigend. »Sie kennen das, man ist ziemlich aufgeschmissen ohne sie.«

16

Das Haus roch ungelüftet und feucht. Das Verpackungsmaterial der Möbel im Flur verbreitete seinen Geruch nach Karton, Holz und Lagerhaus.

In den Zimmerecken hatte sich Schmutz angesammelt, an Heizkörpern und Fensterrahmen hingen Spinnweben, auf den Fenstersimsen lagen tote

Fliegen, und die Abendsonne, die manchmal zwischen den Gewitterwolken hervorschien, ließ einen weißlichen Film auf den Fensterscheiben aufleuchten.

Im großen Salon stand das Sofa noch immer wie eine Aussichtsbank vor dem Fenster. Allmen schauderte beim Gedanken, dass der Mann, der dort zuletzt gesessen hatte, tot war.

Im ganzen Haus war der Tod zu spüren. Nicht nur für Allmen, der den Bewohner gekannt hatte. Auch für Carlos.

»Huele la muerte«, sagte er, es riecht nach Tod.

Allmen ging voraus zur Verandatür und schloss sie auf. Als er sie öffnete, riss eine Windböe sie ihm beinahe aus der Hand.

Der Rasen hatte sich in eine Wiese verwandelt, deren Halme ihnen bis über die Waden reichten. Das Wasser im Schwimmbad war trübe, auf seiner Oberfläche trieben Insekten, auf seinem Grund faulten Blätter.

Der Wind entwickelte sich rasch zum Sturm und trieb ihnen vom See her schwarze Wolken zu.

Im Grotto war es etwas windgeschützt.

Auf der gemauerten Sitzbank, die die Wand entlanglief, hatte sich ein Moosbelag gebildet, der sich in den Fugen der geblümten Bodenfliesen fortsetzte. Der Mörtel, aus dem die Buckel, Mulden und Nischen der Innenwand gemauert waren, bröckelte an vielen Stellen und hinterließ dunkle Flecken im einst hellen Verputz.

Der Geruch nach Moder verlieh der ganzen Künstlichkeit etwas Natürliches.

In eine Nische unter einem Rauchabzug war der Grill gemauert. Eine unbenutzte, noch versiegelte Gasflasche stand darunter, der Verbindungsschlauch lag daneben. Der Rost war mit einer verchromten Haube geschützt. Allmen hob sie an. Mit einem ächzenden Geräusch ließ sie sich nach hinten kippen. Ein Tier verkroch sich blitzschnell unter den Gasbrennern. Eine Maus oder eine Eidechse, Allmen hatte es nicht erkennen können.

Er öffnete den Kühlschrank, der unweit vom Grill eingelassen war. Er musste lange Zeit ausgeschaltet und geschlossen gewesen sein. Gestank schlug ihnen entgegen. Allmen hielt sich die Nase zu und sah hinein. Er war leer bis auf eine halbvolle Flasche Bier, deren Etikett durch einen Schimmelbelag unlesbar geworden war. Er schlug die Tür zu.

An verschiedenen Stellen der Wand waren Verzierungen angebracht. Ornamente aus Muscheln, die nach der Ferienausbeute eines Kindes aussahen. Manchmal schlangen sie sich zu unbeholfenen Girlanden und Herzen, manchmal formten sie Rahmen um Sinnsprüche oder Bilder. Ein paar davon waren noch erhalten. Sie waren direkt auf den Putz gepinselt und zeigten Trauben, Orangen, Fische, Meeresfrüchte, Chiantiflaschen. Die meisten aber waren von Licht und Feuchtigkeit fast unkenntlich gemachte Fotografien. Die Schatten von Porträts, Gruppenbildern und Schnappschüssen waren zu erkennen.

Sie begannen, systematisch zu suchen. Am Aufwendigsten war der Gasgrill. Sie mussten ihn ganz auseinanderbauen. Er war voller Hohlstellen, Einbuchtungen und versteckter Öffnungen. Noch dazu ließ das Unwetter die Nacht frühzeitig hereinbrechen, so dass sie im schwindenden Licht arbeiten mussten.

Aber auch der Kühlschrank war voller Verstecke. Vor allem seine Rückwand. Sie zogen ihn mit vereinten Kräften aus seiner Nische und untersuchten den Wirrwarr aus Stäben, Gittern, Radiatoren und Kabeln. – Nichts.

Plötzlich brach das Unwetter los. Es blitzte und donnerte fast gleichzeitig, als hätte es ins Grotto eingeschlagen. Der Regen peitschte wie aus Wasserwerfern.

Sie suchten unbeirrt weiter. Es gab zwar Lampen und Lichtschalter im Grotto, aber keinen Strom. Immer öfter musste der Tastsinn die Augen unterstützen. Viele der Muscheln in den Verzierungen waren mit der Öffnung nach oben angebracht. Einige davon boten Platz für einen USB-Stick. Aber in keiner war er zu finden.

Sie hatten schon beinahe aufgegeben, als Allmen fragte: »Carlos! Wo würden *Sie* hier so einen kleinen Stick verstecken?«

Carlos dachte nach. Er sah sich in der Höhle um, sah auf die Verzierungen, den Kühlschrank, den Grill, sah auf den Rauchabzug. »Ich, Don John, würde etwas Kleines verstecken wie etwas Großes. Sonst ist es zu leicht.«

Damit verließ er das Grotto.

Allmen folgte ihm. Der Regen hatte nachgelassen, aber er reichte immer noch aus, um beide Männer binnen Sekunden zu durchnässen.

Carlos ging um den künstlichen Felsen herum, in dem das Grotto sich befand, blickte hinauf und bestieg ihn behende, als wäre er eine Treppe. Zuoberst ragte der Kamin des Grills heraus. Carlos tastete ihn ab, stieß auf das, was er suchte, zog daran und förderte einen Sack der städtischen Müllabfuhr zutage.

17

Es war niemand unterwegs in den schmalen Straßen des Villenviertels. Der Sturm hatte nachgelassen, aber der Regen fiel noch immer in Strömen.

Allmen und Carlos gingen stumm nebeneinander her, die Köpfe gesenkt, die Fäuste tief in den Hosentaschen.

In der Nähe der Villa Schwarzacker sahen sie schon von weitem die Standlichter einiger Autos und einen Kranwagen. Der Sturm hatte schwere Äste alter Bäume heruntergeholt und drei Autos die Weiter- oder Rückfahrt versperrt. Arbeiter der Stadt in orangefarbenen Regenjacken waren dabei, die Hindernisse aus dem Weg zu räumen.

Allmen machte sich Sorgen um sein Glashaus unter den uralten Bäumen. Sie beschleunigten ihre Schritte.

Aber sie hatten Glück. Der Sturm hatte zwar ein paar Äste heruntergeholt, aber das Gärtnerhaus schien nichts abbekommen zu haben.

Dafür erwartete sie eine andere Überraschung.

Carlos schloss die Tür auf und ließ Allmen den Vortritt. Dieser trat ein und machte Licht.

»Small World.« Es war die Stimme von Bob, dem Mann von Brookfield Klein. Er saß auf der zweituntersten Stufe der Mansardentreppe und

blinzelte in die plötzliche Helligkeit. Die Unterarme hatte er auf die Oberschenkel gestützt, in der Rechten hielt er locker eine Pistole.

»Nass geworden? Ich habe es zum Glück noch vor dem Regen geschafft.«

Sein Partner kam die Treppe herunter. Er nickte den beiden stumm zu und stellte sich hinter Allmen und Carlos.

»Wir werden Sie nicht lange aufhalten«, sagte Bob, »Sie müssen schleunigst etwas Trockenes anziehen.«

Allmen hatte sich gefasst. »Was wollen Sie?«

»Sichergehen, dass Sie keine Kopie haben.«

»Haben wir nicht.«

»Davon sind wir eigentlich auch ausgegangen. Aber als Sie dann heute Abend in Sokolows Haus gingen, dachten wir, es könnte sich daran etwas geändert haben. Hat es das?«

»Sie schnüffeln uns immer noch hinterher?«

Bob sah seinen Mitarbeiter an und sagte: *»Go ahead, Joey.«*

Joey zog eine Pistole unter dem Jackett hervor, entsicherte sie, trat vor Allmen hin und hielt ihn mit der Waffe in Schach. Mit geübten Handgriffen durchsuchte er mit der anderen Hand seine Taschen und legte deren Inhalt auf die Konsole unter dem vergoldeten Garderobenspiegel.

Er fand nichts.

»Bevor du in seinen Unterhosen nachschaust, durchsuch *ihn*«, befahl Bob.

Joey gehorchte und durchsuchte Carlos. In seiner rechten Socke fand er den USB-Stick.

»Bingo!«, grinste Bob. Er stand auf und ging zum Ausgang. Joey sicherte ihm den Rücken und folgte ihm.

»Gringos«, zischte Carlos.

18

Noch am selben Abend stieg Carlos das steile Dach des Gärtnerhauses hinauf und holte Sokolows Laptop aus dem Kamin. Er war wild entschlossen, sich nicht so leicht geschlagen zu geben.

Er riss das neue Kabel aus seiner Plastikhülle und schloss den kleinen Computer ans Stromnetz.

Er wusste nicht, wonach er suchen sollte. »hedge«, »win«, »Brookfield«, »Klein« waren alles Nieten. Er schränkte die Suche auf »Ordner« ein und durchstöberte diese intuitiv. Er ließ das Suchprogramm nach Programmen suchen, stieß aber auf so viele, dass er auch diesen Versuch aufgab. Sokolows Festplatte war einfach zu groß. Sie besaß eine Kapazität von einem Terabyte und war zu zwei Dritteln voll. Zum größten Teil mit Daten und Programmen, die nur Programmierer verstanden.

Allmens Klavierspiel, mit dem er sich zu beruhigen versuchte, war schon verklungen, als Carlos die Idee hatte: Er schränkte die Suche zeitlich ein. Auf den Zeitpunkt der Übermittlung der Daten bis zum Eintreffen der dringenden Nachricht von La Route, alle Spuren zu vernichten und eine Sicherheitskopie zu verstecken.

Die Suche ergab immer noch über neuntausend Treffer. Er schränkte sie weiter ein: Auf alle Ordner, die in diesem Zeitraum kreiert worden waren.

Das Suchprogramm kam auf zweihundertvierunddreißig Ordner.

Einer davon hieß »Grotto«.

»Dios!«, rief Carlos aus.

Er befand sich im Papierkorb. Carlos musste ihn auf den Desktop ziehen, um ihn öffnen zu können. Er enthielt ein einziges Dokument namens »dfdutbce27bg«. Carlos öffnete es, und der Bildschirm füllte sich mit Buchstaben und Zahlen, die keinen Sinn ergaben.

Carlos ging die Treppe hinunter.

Allmen hatte sich schon ins Schlafzimmer zurückgezogen. Carlos klopfte an die Tür.

»Moment!«, rief Allmens Stimme. Carlos hörte das leise Knarren des Bettes und das leichte Quietschen der Schranktür, dann stand Allmen im seidenen Morgenmantel vor ihm.

Carlos entschuldigte sich für die späte Störung und führte ihn die Treppe hinauf.

Allmen war, seit er im Gärtnerhaus wohnte, höchstens ein Mal in Carlos' Wohnzimmer gewesen und hatte vergessen, wie winzig es war. Stehend, weil es nur eine Sitzgelegenheit gab, starrten beide auf die endlose Zeichenreihe, die Carlos über den Bildschirm ziehen ließ.

»Ist er das, der rosa Diamant?«

»*No sé,* weiß nicht. Aber er befindet sich in einem Ordner, der ›Grotto‹ heißt und im Papierkorb lag. Sokolow hat vergessen, ihn zu leeren.«

»Wie gesagt – Schlampe.«

Die Zeichenparade stoppte, der Cursor war am Ende der Datei angelangt.

Allmen und Carlos sahen sich an. »Wie finden wir heraus, ob er es ist?« Allmens Frage war an sie beide gerichtet.

»*Saber,* wer weiß?«, murmelte Carlos.

Allmen stellte sich ans Mansardenfenster und starrte in die Nacht hinaus. Der Sturm hatte wieder zugenommen und peitschte die Zweige der ehrwürdigen Parkbäume.

Er wandte sich vom Fenster ab und stellte sich wieder neben Carlos. »Ich glaube, ich weiß, wie. Aber dazu müssen wir von hier verschwinden.«

19

Es hatte aufgehört zu regnen, aber der böige Wind ließ immer wieder schwere Tropfen von den Bäumen prasseln.

Vor dem Haus stand ein alter Opel, dessen Fahrer ausstieg, als er sie kommen sah. Ein Mann von etwa der gleichen Statur wie Carlos. Er mochte ein paar Jahre älter sein und hatte, wie Carlos, die klassischen Gesichtszüge eines Maya.

Carlos stellte ihn als Don Gregorio vor. Sie gaben sich die Hand. *»Mucho gusto«*, sagten beide.

Sie fuhren durch die Stadt, immer wieder aufgehalten durch Absperrungen von Räumungsteams, die die Straßen von Fallholz befreiten, und Feuerwehren, die Keller auspumpten.

In einem Außenquartier verlor Allmen die Orientierung. Gleichförmige Wohnblocks aus den fünfziger und sechziger Jahren standen zu beiden Seiten der schlechtbeleuchteten Straßen. Industriebauten wechselten sich mit Schulhäusern, Wohnsiedlungen, Tramdepots und trostlosen Spielplätzen ab. Don Gregorio fuhr zielsicher durch das Straßenlabyrinth und hielt schließlich vor einem der gesichtslosen fünfstöckigen Blöcke. Auf den winzigen Balkons standen Satellitenschüsseln, in den Fenstern flackerte bläuliches Fernsehlicht.

Don Gregorio führte sie zum Hauseingang, schloss auf und ging ihnen voraus. Im Treppenhaus vermischten sich unterschiedliche Küchengerüche. In den Wohnungen, an denen sie vorbeikamen, kläfften kleine Hunde.

Im vierten Stock stellte er Allmens Koffer ab und klingelte in einem eigenartigen Rhythmus.

Sofort ging die Tür auf. Ein Mann, auch er ein mittelamerikanischer Indigena, begrüßte sie stumm und ließ sie ein.

Die Wohnung war niedrig, die Dispersionsfarbe, mit der man ihre Tapeten überstrichen hatte, war mit den Jahren gelb geworden. Es roch nach Zigaretten und Essen.

Don Gregorio führte sie durch den schmalen Korridor. In der Küche sah Allmen ein paar Männer um einen Tisch sitzen. Sie redeten mit gedämpften Stimmen und verstummten, als die Neuankömmlinge vorbeigingen.

Im nächsten Zimmer lief ein spanischsprachiger Fernsehsender, Allmen erhaschte einen Blick auf ein Bett, das vier Männern als Sofa diente.

Die nächste Tür war geschlossen. Ein Schild hing daran, auf dem *»Ocupado«* stand. Ihr Gastgeber zeigte darauf. *»El baño«*, erklärte er. Die Toilette.

Er öffnete die Tür daneben, und sie betraten einen kleinen Raum. Er war möbliert mit einem Tisch und zwei Stühlen, einem Bett, einem Schrank und einem Kajütenbett. An den Wänden hingen Poster von Tourismuszielen in Guatemala, El Salvador und Nicaragua.

»Bienvenidos«, wünschte Don Gregorio, stellte die Koffer ab und entschuldigte sich.

Allmen und Carlos packten aus und besprachen ihren Plan. Kurz nach Mitternacht legten sie sich schlafen.

20

Seit seiner Zeit im Charterhouse hatte Allmen nie mehr ein Zimmer mit einem Mann geteilt. Und die Zimmer im Charterhouse waren um einiges geräumiger gewesen als dieses hier.

Dass sie das Einzelbett als Sofa benutzen würden, war angesichts der Platzverhältnisse von Anfang an klar gewesen. Carlos hatte ihm beim Kajütenbett die Wahl überlassen. Allmen entschied sich für das obere, weil er sich dort mehr Privatsphäre erhoffte. Mit Kajütenbetten besaß er keine Erfahrung.

Schlimmer als das gemeinsame Schlafzimmer mit einem Mann war für Allmen, Bad und Toilette mit – wie sich herausstellte – acht Männern zu teilen. Es sollte für ihn die größte Motivation der kommenden Tage werden, diesen Umstand so rasch wie möglich zu beenden.

Allmen, sonst ein hervorragender Schläfer, hatte eine schlechte Nacht hinter sich. Erst hatte er wach gelegen, bis es still geworden war in der Wohnung und er in aller Ruhe und Ungestörtheit seine Abendtoilette verrichten konnte. Dann aber konnte er sich lange nicht überwinden herunterzusteigen, weil er sich vorstellte, was für ein unvorteilhaftes Bild er Carlos dabei bieten würde, falls dieser noch wach war. Und als er es endlich geschafft hatte und wieder oben lag, begann Carlos zu schnarchen. Es war weniger das Schnarchen, das ihn wach hielt, als das neuerworbene Wissen darum, dass sein Diener schnarchte.

Er war erst eingeschlafen, als zwischen den defekten Jalousien schon der Morgen zu grauen begann. Als er erwachte, war es hell, und Carlos' Bett war leer.

Allmen wartete eine Weile, suchte schließlich

das Bad auf und verließ es wieder erfrischt. Er wurde von einem jungen Nicaraguaner mit Kaffee erwartet. Don Carlos habe ihn gebeten, für ihn Frühstück bereitzuhalten.

Allmen brauchte einen Moment, um zu begreifen, dass es Leute gab, die Carlos »Don Carlos« nannten. Er bedankte sich und folgte dem Mann, der sich als Gustavo vorstellte, in die Küche. Dort wartete ein leider schon erkaltetes *huevo ranchero* auf ihn, Spiegelei mit einer scharf gewürzten Tomatensauce. Gustavo schaltete die Herdplatte ein, auf der zwei schneeweiße Industriebrotscheiben lagen, bot Allmen einen Stuhl am Küchentisch an und schenkte ihm einen *Americano* ein, einen schwarzen Filterkaffee aus der Kaffeemaschine. Als es nach verbranntem Brot zu riechen begann, wendete der Nicaraguaner die Toasts auf der Herdplatte.

Nach dem Frühstück wusste Allmen mehr über seine Wohnungsgenossen. Don Gregorio war hier der einzige Legale. Er war der Mieter, er hatte einen formellen Asylbewerberstatus und eine legale Arbeit als Reinigungskraft bei einem Großverteiler.

Alle anderen waren *Sans-Papiers,* Immigranten, die keine Papiere besaßen oder zu besitzen vorgaben. Sie alle waren Untermieter von Don Gregorio, dem sie eine symbolische Miete bezahlten oder schuldig blieben.

Die einzige Aufgabe, die Allmen an diesem Vormittag erwartete, war mit einem Anruf bei seinem bewährten Bankfachmann Roland Kerbel erledigt.

»Kennst du bei Brookfield Klein jemanden ganz oben in der Datenverarbeitung, und kannst du mir seine Mailadresse geben?«, hatte er ihn am Telefon gefragt. Kerbel hatte ihm die Adresse diktiert: tbl@brookfield-klein.com.

Um elf kam Carlos zurück. Er hatte Internetcafés ausfindig gemacht, die weit genug entfernt lagen, aber mit öffentlichen Verkehrsmitteln gut zu erreichen waren. Sie wollten jede Nachricht von einer anderen Adresse aus schicken.

Er kopierte den Anfang und den Schluss der Zahlen- und Buchstabenreihe aus der Datei und fügte sie in eine Mail ein. Sie trug die höchste Priorität und war adressiert an tbl@brookfield-klein.com.

Der Text war kurz: »*Contact within 24 hrs, pls.*« Bitte innerhalb von 24 Std. Kontakt aufnehmen.

Unter der Zeichenreihe befand sich ein Link. Er führte zu rosadiamant.com, einer Website, die Carlos vom Internetcafé aus eingerichtet hatte. Sie enthielt den Anfang und den Schluss der Zeichenreihe und den Text: »*To be completed by*

September 12.« Wird am 12. September vervollständigt.

Carlos kopierte die Nachricht auf einen Stick und verließ die Wohnung.

Das Warten begann.

21

Im Laufe des Nachmittags ging Carlos zweimal in Internetcafés vorbei. Beide Male vergeblich, der Mann von Brookfield Klein hatte nicht reagiert.

Allmen las oder tigerte im kleinen Zimmer auf und ab. Oder er starrte zum Fenster hinaus. Gegenüber stand das gleiche Haus wie das, in dem er sich befand. Dazwischen lagen zwanzig Meter Steinplatten, über die Wäscheleinen gespannt waren.

Einmal sah er eine Frau zwischen den Wäschestücken hin- und hergehen. Sie prüfte den Feuchtigkeitsgrad, nahm die trockenen ab und legte sie sich über den Arm. Ein kleiner Junge fuhr in der Nähe auf seinem Dreirad. Immer wieder blieb eines der schmalen Räder in einer Plattenfuge stecken. Geduldig stieg der Junge ab, machte sein Dreirad wieder flott und fuhr weiter.

Am Abend kochte Carlos ein guatemaltekisches

Essen für zehn Personen. Guacamole – Avocadopaste –, Hackplätzchen mit scharfer Tomatensauce, frittierte Kochbananen, schwarze Bohnen, Maistortillas, Chilisauce.

Allmen leistete ihm Gesellschaft.

Er sah zu, wie Carlos die Avocados mit einer Gabel zu einer Paste verarbeitete, sie mit gehackter Zwiebel, gehacktem Koriander und Salz vermischte, einen der Avocadokerne dazulegte und die Guacamole in den Kühlschrank stellte.

»Weshalb lassen Sie den Kern drin, Carlos?«

»Damit die Avocado nicht schwarz wird.«

»Weshalb wird sie so nicht schwarz?«

»Weil sie glaubt, sie sei noch ganz.«

Carlos schälte die Kochbananen aus ihrer fast schwarzen Schale.

»Die *plátanos* sind faul, Carlos.«

»*Plátanos* sind erst reif, wenn ihre Haut schwarz ist.«

Er schnitt die Bananen in daumenlange Stücke und legte sie in einem Teller zum Frittieren bereit.

Allmen löcherte ihn weiter mit Fragen. Aber es half nicht gegen die Nervosität.

Carlos' Essen war ein Höhepunkt im eintönigen Leben der *Sans-Papiers.* Sie nötigten ihn, die Übertragung des Spiels Honduras gegen El Salvador der

Mittelamerika-Meisterschaft mit anzuschauen. Er saß mit ihnen auf der Kante eines der Betten im engen Wohn-Schlafzimmer und versuchte, sich zu benehmen wie ein Fußballfan.

Allmen schaute höflich eine Weile von der Tür aus zu und nutzte die Aufregung um den Führungstreffer von Honduras, um sich ins Bad und dann ins Zimmer zurückzuziehen. Er legte sich ins Bett und versuchte, beim schlechten Licht der Stehlampe, der einzigen Lichtquelle des Raumes, zu lesen.

Er wartete ungeduldig auf Carlos. Immer wieder hoffte er, der Jubel und die Aufschreie aus dem Fernsehraum bedeuteten das Ende des Spiels. Als Carlos endlich leise das Zimmer betrat, fragte er: »Wie spät ist es, Carlos?«

»Halb zwölf, Don John.«

»Halb sechs in New York.«

»Die Internetcafés haben geschlossen, Don John. Wir müssen warten bis morgen früh.«

Es dauerte lange, bis Allmen in einen unruhigen Schlaf fiel. Als er erwachte, war Carlos' Bett leer.

Nachdem er das Bad verlassen hatte, saß Carlos am Tisch vor dem Laptop. Er hatte den kleinen Datenträger eingesteckt und die Kopie einer Mail geöffnet. Sie kam von tbl@brookfield-klein.com und enthielt nur zwei Wörter und ein Satzzeichen:

»Your conditions?«

Über die Konditionen waren sich Allmen und Carlos einig. Die Antwortmail enthielt nur die IBAN-Nummer des Kontos von Allmen International Inquiries.

Und den Betrag von 2.5 Mio. CHF.

22

Allmen wusste zwar schon, wie es war, kein Geld zu haben. Trotzdem hatte er immer gelebt, als hätte er welches. Gezwungen zu sein, so zu leben, als hätte man keines, noch dazu, während man auf Millionen wartete, war für ihn eine ganz neue Erfahrung.

Die Männer, bei denen er wohnte, hatten wirklich kein Geld und lebten auch entsprechend. Sie hatten auch sonst nichts. Keine Papiere, keine Arbeit, keine Zukunft.

Er hätte ihnen gern ein paar Tipps gegeben, wie man die Welt und sich selbst darüber hinwegtäuschen kann, dass man kein Geld hat. Aber er sah bald ein, dass diese Leute nicht so tun konnten, als hätten sie Geld. Sie wussten nicht, wie es ist, Geld zu haben.

Allmen kam zu dem Schluss, dass er seinen Mitbewohnern, sobald die Millionen eingetroffen waren, etwas Geld geben musste. Zu Übungszwecken.

Zweimal erlag Allmen dem Lagerkoller. Er verließ die Wohnung, ohne Carlos zu informieren. Das eine Mal ging er in ein indisches Restaurant in der Nähe, das von außen elegant und von innen schäbig aussah. Er bestellte ein Degustationsmenü. Alle Currys schmeckten gleich, alle lange vorgekocht und schnell aufgewärmt. Trotzdem genoss er die Abwechslung und das Gefühl, jemand zu sein.

Das zweite Mal verschlug es ihn in einen Tearoom des Quartiers. Außer ihm waren nur Lehrlinge da und alte Frauen. Er bestellte eine Schale und ein Croissant und vermisste sein Café Viennois.

Carlos machte keine Bemerkung, wenn Allmen von seinen Ausflügen zurückkam. Aber er ließ ihn spüren, was er von der Disziplinlosigkeit seines Patrón hielt.

Die Tage in der kleinen überfüllten Wohnung waren lang. Und da die beiden auf den Laptop starrten wie auf einen Wasserkocher, der nicht kochen wollte, wurden sie noch länger.

Einmal fragte Carlos: »Und wie können sie sicher sein, dass wir nicht eine Kopie zurückbehalten?«

»Sie können nicht sicher sein. Aber sie müssen das Risiko eingehen.«

»Porqué?« Weshalb?

»Es ist das kleinere.«

»Ojalá.« Hoffentlich.

Am dritten Tag, dem zweitletzten vor Ablauf der Frist, traf eine Mail ein. *»Procedure?«*, lautete der Text. Und: *»Guarantees?«*

Sie antworteten: »Vorgehen: Zusendung des USB-Sticks per DHL nach Erhalt der Überweisung. Garantien: Ehrenwort von Johann Friedrich von Allmen.«

Am letzten Tag der Frist pendelte Carlos zwischen Wohnung und Internetcafés und loggte sich fast stündlich in das Konto von Allmen International ein.

Nach Ablauf der Frist war das Geld nicht eingetroffen.

»Und nun?«, fragte Allmen.

Ohne zu zögern, kopierte Carlos ein weiteres großes Stück von Anfang und Schluss der Datei in die Website.

Beim nächsten Kontrollgang kam er mit einer Nachricht der Bank zurück: »Stopp. Transfer unterwegs.«

Weder Allmen noch Carlos schliefen viel in dieser Nacht. Dennoch waren sie beide hellwach, als sie den Kontostand von Allmen International prüften. Er zeigte 2 503 114.35 CHF.

»Ich wusste gar nicht«, sagte Allmen fast etwas beleidigt, »dass wir noch über dreitausend auf dem Konto hatten.«

23

Hunderttausend Franken überwies Allmen im Überschwang an Don Gregorio. Zwanzig als Kapital für seine Institution plus zehntausend für jeden Bewohner der Wohnung, damit sie üben konnten, wie es ist, Geld zu haben.

»Sie werden das Geld nach Hause schicken, Don John«, hatte Carlos ihn gewarnt.

Allmen hatte überlegt und geantwortet: »Auch das gibt ihnen ein Gefühl dafür, wie es ist, Geld zu haben.«

Alle waren an den Fenstern versammelt gewesen und hatten den Abgang von Don John und Carlos in Herrn Arnolds 1978er Cadillac Fleetwood verfolgt. Sie hatten gesehen, wie sich die Scheibe auf Allmens Seite senkte und eine schmale Hand mit weißer Manschette ihnen zuwinkte. Dann waren die drei in ihrer anderen Welt verschwunden.

Epilog

Nach Abzug von Carlos' Anteil, der Begleichung aller offenen Posten bei seinen Gläubigern und der Bereinigung seiner Konten bei seinen beiden Hausbanken blieb Allmen ein Saldo von etwas über neunhunderttausend Franken.

Einen Teil davon investierte er in die laufenden Ausgaben, die Ergänzung seiner Garderobe, die Anschaffung einiger Objekte für seine während der vergangenen zwei Jahre arg geplünderte Art-déco-Sammlung und zwei Wochen Indian Summer in der Terrace Suite des wirklich sehr anständig renovierten Wheatleigh Hotel in Lenox, Massachusetts.

Doch den Löwenanteil legte er, vielleicht wegen seiner kürzlichen Begegnung mit der wirklichen Armut, in ein Aktienpaket aus sicheren Papieren an, das er mit Hilfe seines alten Bekannten, dem Banker Roland Kerbel, zusammengestellt hatte. Es handelte sich um immer noch über eine halbe Million.

Sein Butler und Partner Carlos arbeitete weiter als Halbtagshauswart und Gärtner für K, C, L&D, obwohl er bei seiner Vermögenslage nicht mehr auf dieses Nebeneinkommen angewiesen gewesen wäre. Aber es war ein willkommener Beitrag zum Salär von Maria Moreno, deren Festanstellung nun nichts mehr im Wege stand. Allmen liebte Personal, und Carlos liebte Maria Moreno.

Sein Vermögen hatte Carlos zu einem kleinen Teil bei einer Sparkasse angelegt, der größere hing – wasserdicht und feuerfest verpackt – auf etwa halber Höhe im Kamin des Gärtnerhauses.

Dadurch überstand es kurz vor Weihnachten ohne Verluste den *Flash Crash,* bei dem Allmen, schlecht beraten von Roland Kerbel, fast die Hälfte seines Anlagevermögens verlor.

In den Medien wurde darüber spekuliert, was ihn ausgelöst haben mochte. Der Verdacht fiel auf eine nicht identifizierte Hochfrequenzhandelssoftware.

Mein Bruder, Dr. Daniel Suter-Châtelanat, hat mich über den Hochfrequenzhandel aufgeklärt, der Programmierer und IT-Experte Ivan Melnychuk hat mir Tipps gegeben, wie man an der Börse in sehr kurzer Zeit sehr viel Geld verlieren kann, meine Lektorin, Ursula Baumhauer, und meine Frau, Margrith Nay Suter, sind mir wie immer mit sehr konstruktiver Kritik beigestanden, und meine kleine Tochter Ana hat am Bildschirm versehentlich eine Passage gelöscht, die sich im Nachhinein als überflüssig herausstellte. Euch allen: herzlichen Dank.

Martin Suter

Das Diogenes Hörbuch zum Buch

Martin Suter
Allmen und der rosa Diamant

Ungekürzt gelesen von GERT HEIDENREICH

4 CD, Gesamtspieldauer 277 Min.

Martin Suter im Diogenes Verlag

»Martin Suter hat die seltene Gabe, Schweres leicht erscheinen zu lassen. Er schreibt einen Bestseller nach dem anderen, die inhaltlich wie literarisch glänzen.«
Michael Knoll / Bücher, Kiel

»Wenn es überhaupt einen Schriftsteller gibt, dessen Feder man gern entsprungen wäre, dann ihn.«
Elmar Krekeler / Berliner Morgenpost

Die Romane:

Small World
Roman
Auch als Diogenes Hörbuch erschienen, gelesen von Dietmar Mues

Die dunkle Seite des Mondes
Roman
Auch als Diogenes Hörbuch erschienen, gelesen von Gert Heidenreich

Ein perfekter Freund
Roman

Lila, Lila
Roman
Auch als Diogenes Hörbuch erschienen, gelesen von Daniel Brühl

Der Teufel von Mailand
Roman
Auch als Diogenes Hörbuch erschienen, gelesen von Julia Fischer

Der letzte Weynfeldt
Roman
Auch als Diogenes Hörbuch erschienen, gelesen von Gert Heidenreich

Der Koch
Roman
Auch als Diogenes Hörbuch erschienen, gelesen von Heikko Deutschmann

Die Zeit, die Zeit
Roman
Auch als Diogenes Hörbuch erschienen, gelesen von Gert Heidenreich

Montecristo
Roman
Auch als Diogenes Hörbuch erschienen, gelesen von Wanja Mues

Elefant
Roman
Auch als Diogenes Hörbuch erschienen, gelesen von Gert Heidenreich

Die *Allmen*-Krimiserie:

Allmen und die Libellen
Roman
Auch als Diogenes Hörbuch erschienen, gelesen von Gert Heidenreich

Allmen und der rosa Diamant
Roman
Auch als Diogenes Hörbuch erschienen, gelesen von Gert Heidenreich

Allmen und die Dahlien
Roman
Auch als Diogenes Hörbuch erschienen, gelesen von Gert Heidenreich

Allmen und die verschwundene María
Roman
Auch als Diogenes Hörbuch erschienen, gelesen von Gert Heidenreich

Allmen und die Erotik
Roman
Auch als Diogenes Hörbuch erschienen, gelesen von Gert Heidenreich

Außerdem erschienen:

Richtig leben mit Geri Weibel
Sämtliche Folgen

Business Class
Geschichten aus der Welt des Managements

Business Class
Neue Geschichten aus der Welt des Managements

Huber spannt aus
und andere Geschichten aus der Business Class

Unter Freunden
und andere Geschichten aus der Business Class

Das Bonus-Geheimnis
und andere Geschichten aus der Business Class

Abschalten
Die Business Class macht Ferien

Alles im Griff
Eine Business Soap
Auch als Diogenes Hörbuch erschienen, gelesen von Stefan Kurt

Cheers
Feiern mit der Business Class
Auch als Diogenes Hörbuch erschienen, gelesen von Stefan Kurt

Business Class
Geschichten aus der Welt des Managements
Diogenes Hörbuch, 1 CD, live gelesen von Martin Suter

Unter dem Strich
und andere Geschichten aus der Business Class
Diogenes E-Hörbuch, 1 CD, live gelesen von Martin Suter

Stephan Eicher & Martin Suter
Song Book
CD und Buch